오늘도 엄마에게
화를 내고 말았다

| 일러두기 |

- 오늘날의 어법과 맞춤법에 따르되, 작가만의 독특한 어휘나 사투리는 살렸습니다.
- 특히 대화체는 사투리와 입말을 최대한 살렸습니다.

오늘도 엄마에게 화를 내고 말았다

장해주 지음

허밍버드
Hummingbird

＼

사랑하기에
더 화가 나는 아이러니

코끝이 제법 차가운 바람이 부는 11월이면 엄마는 분주해진다. 김장 때문이다. 그리고 이 계절이 되면 엄마와 나는 유독 다툴 일이 더 많아진다. 여느 집에서 볼 수 있는 일반적인 김장이 우리 집에서는 조금 특별하고 또 조금은 별난 잔치가 되기 때문이다. 엄마의 '김장하는 날'이 평범하지 않기에.

"엄마. 이번엔 김장 몇 포기나 해?"

"김장? 150포기?"

엄마가 별 대수롭지 않다는 듯, 별 대단한 일도 아니라는 듯, 던진 말이었다. 김장 150포기. 엄마 홀로 장장 150포기의 김장을 해대려면 꼬박 2~3일은 잠도 제대로 못 자고 김치만 담그다가 끝날 시간들이었다. 그렇게 김장의 시간이 끝나고 나면, 엄마의 몸은 바스스…… 부서지듯 몇 날 며칠 몸살을 앓는다.

"내가 미쳐. 몸살 나서 드러누울 정도로 미련하게 하지 말랬잖아. 왜 엄마는 엄마 몸을 혹사 못 해서 안달이야?"

나의 볼멘소리에 엄마가 조금 뚱하게 대꾸한다.

"그렇게 걱정되면 말만 하지 말고 내려와서 거들든가. 네가 걱정한다고 뭐가 달라져?"

우리 엄마 수고했다고, 올해도 엄마 덕분에 맛있는 김치를 먹을 수 있어서 얼마나 다행인지 모른다고, 그래서 감사하다고, 이렇게 말을 해주었더라면. 하지만 나의 마음과 말은 언제나 다르게 반응하고야 만다.

말 따로 마음 따로. 걱정이 왜 자꾸 화로 표현되는 건지, 왜 엄마에게만은 유독 화가 많은 건지. 나 역시 아이러니하다고 생각할 때가 많다.

사랑하기에 자꾸 화가 난다. 걱정되고 안타까운 마음이 자꾸만 폭발적인 짜증이나 귀찮음으로 표현되기도 한다. 엄마가 내 편이라 여기는 당연함과 안일함 때문에 함부로 하게 된다.

20대를 지나 30대가 된, 지금의 나이쯤이면 엄마에게 더 살뜰한 딸이 돼 있을 줄 알았던 나는, 반대로 화가 많아진 딸이 되어 있다.

내가 화가 많아지는 이유. 엄마의 지난하고 고단한 삶의 여정이 고스란히 들여다보이기에. 해가 지날수록 점점 작아지는 엄마의 모습이 가슴 절절한 날도 있기에. 그런 엄마의 시간들을 갉아먹는 내 모습이 보여서. 엄마가 이제는 조금 편해졌으면 좋겠다는 바람 때문에. 엄마를 사랑하기에.

우리는 여전히 치열하게 싸우고, 서로를 달달 볶기도 하며, 온기 없는 세상에 버려진 것 같은 날에는 서로의 온기를 파고들기도 하면서. 그런 시간들을 보내며, 순간순간 낯설게 느껴지는 서로를 알아가는 중이다.

지독하게 사랑하지만 미움도 짙은 우리. 그래서 더 소중한 엄마와 나.

지금, 그 두 번째 이야기를 시작해보려고 한다. 엄마와 딸이기 때문에, 그 이름이기 때문에 겪어야만 했던, 부딪혀야만 했던, 마음속 고백들을.

빗장을 걸어두었던, 나의 서랍 속 숨겨둔 이야기들이 잠자고 있는 다른 누군가의 마음에 별과 같이 반짝이길. 그 빛이 당신의 어두운 서랍에도 고운 빛깔로 채워지길. 그래서 차갑기만 했던 삶의 온도에 따뜻한 온기가 스미기를.

상처와 상처가 만나 뒤엉키고 뒹구는 어느 지점, 어느 시간에서. 그 상처들이 서로를 감싸고 끌어안으며 그렇게. 상처가 꽃이 되는 시간을 마주하게 되길.

이 마음 다해 바란다.

꽃 같은 딸이 보석 같은 엄마에게,
"오늘도 다정해요, 우리."

2021년 어느 멋진 가을날

장해주

프롤로그

차 례

PART 4

마음은 전할 수 있을 때 전해야 한다

1

그때는 하지 못했던 말,
이제는 꺼내는 말

마음이 보였던 탓에

"그러니까! 엄마가 왜 그 사람들을 이해해주는데! 엄마 딸, 황천길 갔다 온 거 몰라?"

내가 대학생이던 시절. 그때 내게 아주 몹쓸, 겪지 말아야 할 일이 생겼다. 덕분에 나는 생애 처음으로 전치 5주의 상해로 병원 신세를 져야만 했다. 그런데 나를 가해한 그 사람의 형량을 더 쳐달라고 해도 모자랄 판국에, 엄마가 합의를 결정해버린 것이었다.

일의 사정은 이랬다.

퇴원 후 나를 가해한 사람의 엄마가 뒤늦게 소식을 알고 찾아왔다. 자신의 자식이 남의 자식에게 나쁜 짓 한 것을 이제야 듣게 되었다면서.

마주할 자신이 없어서, 나는 저만치 멀찍이 떨어져 등을 돌린 채 앉았다. 그리고 엄마에게 문자메시지로 당부했다.

합의 안 해. 절대. 그러니까 엄마 그거 해줄 생각 꿈도 꾸지 마.

알았다는 엄마의 답신을 받은 후에 나는 가두었던 숨을 후하고 내뱉었다. 억겁 같은 시간이 얼마쯤 흘렀을까. 엄마가 있는 자리 쪽에서 어떤 소리가 들려왔다. 정말 너무너무 감사하다는 둥, 살면서 이 은혜 절대 잊지 않겠다는 둥.

설마. 슬쩍 불안해진 눈빛으로 엄마 쪽을 쳐다봤다. 그러다 스스로를 다잡듯 심장께에 손을 얹고 애써 다독였다. 아니겠지. 합의는 없다고, 딸이 그렇게나 확고하게 의지를 전했는데.

가해자의 엄마를 보내고, 엄마가 천천히 내 쪽으로 왔다.

"어떻게 됐어? 합의, 안 한다고 했지?"

촉촉이 젖은 눈으로 엄마가 나를 말끄러미 쳐다봤다. 그런 엄마의 눈망울을 보고 있자니 한층 마음이 불안해져 왔다. 나는 조금 전 엄마가 앉았던 쪽에 슬쩍 시선을 주며 채근했다.

"사람 불안하게 왜 이래? 합의 안 한다고 분명히, 확실히, 말했지?"

"딸아……."

"아 진짜! 내가 이럴 줄 알았어! 엄마 진짜 어떻게 된 거 아니야? 엄마 딸, 저 아줌마 자식 때문에 진짜 죽을 뻔했다고. 알아?"

흥분을 감추지 못하고 엄마를 쌩하니 지나쳐 그대로 걷기 시작했다. 무슨 엄마가 이런 건지. 억울하고 분하고 속상하고,

엄마가 미워 죽을 것만 같아서 눈물이 펑펑 쏟아졌다.

'자식이 죽다 살았는데. 그것도 다른 사람의 손에. 엄마는 이게 용서가 된다고?' 아무리 생각해도 이해가 가질 않았다.

그리고 그날. 엄마는 굳게 걸어 잠근 내 방문 앞을 몇 번이고 서성이다 돌아갔다.

다음 날. 밥상 앞에 마주 앉은 엄마와 나 사이에 어색한 침묵만이 흘렀다. 아직 풀지 못한 팔 깁스 때문에 젓가락질이 시원찮은 나를 보던 엄마가 내 밥그릇 위에 계란말이를 슬쩍 내려놓았다.

엄마 얼굴이 어떨지, 어떤 눈으로 날 보고 있을지, 보지 않아도 알 수 있었다. 지금쯤 맞은편에 앉은 엄마의 마음은 가시 방석일 테니까.

밥그릇 위에 얌전하게 놓인 계란말이를 푹 퍼서 입에 넣고 우물우물 씹어 화 한 덩이와 함께 꿀꺽 삼킨 후, 입을 열었다.

"그래 알겠어. 백번, 아니 천만번 양보해서 엄마의 결정이 옳고, 합의도 그렇다고 하자. 그래서 합의금은? 설마, 내 치료비도 안 받은 건 아니지?"

"그게……."

"그것도 다 봐준다고 한 거야? 그건 진짜 아니야, 엄마."

그랬다. 상해로 인한 병원비는 건강보험 처리가 전혀 되지 않기에 온전히 환자가 부담해야 했다. 5주 동안 나온 병원비가 몇백만 원이었다. 합의했다고 한 순간부터, 그쪽 집 '사정'이란 걸 생각했을 때 합의금을 거의 받지 못할 것으로 예상은 했지만. 아무리 그래도 치료비 정도는 받아야 하는 게 아닌가. 나쁜 짓을 한 대가니까. 게다가 합의까지 해줬는데 치료비도 받지 못한다고 생각하니, 정말 피가 거꾸로 치솟는 것만 같았다.

내가 뭘 그리 잘못해서. 그저 하루하루 정말 열심히 산 것밖에는 없는데. 그런 내가 왜 모든 걸 다 이해하고 감당하고 '겪어줘야'만 한단 말인가.

이런 내 마음을 알아챘는지, 엄마가 담담하게 말을 이었다. 가해자 엄마가 합의금 조로 내놓은 봉투를 열어보니 90만 원이 전부였다고. 처음에 엄마도 그걸 보고 화가 나지 않았던 게 아니라고. 그런데 그 엄마가 갑자기 자신 앞에 무릎을 꿇더니 눈물을 뚝뚝 떨구며 빌더라고. 이게 전 재산이고 정말 염치가 없고 죄송하다는 말도 못 할 만큼 죄스럽기까지 하다고.

아이가 원래 심성이 그렇게 삐뚤어지고 나쁜 애는 아니라고. 사는 게 힘들어서, 그리고 못난 부모 만난 탓에 그렇게 된 거라고. 자신이 애 옆에만 있어줬어도 걔가 그러지는 않았을 텐데, 힘든 걸 알면서도 엄마로서 돌봐주지 못한 자신의 죄가 크다고.

엄마는 그 엄마의 말을 듣는 내내, 자신의 지난날이 겹쳐 보여 코끝이 아릴 정도로 시큰해졌다고 했다. 이혼 후 겪었던 그 상실과 아픔들이 자신 앞에 앉은 그 여자의 지난한 삶 속에도 들어 있는 것만 같았기에.

그래서였다고. 내 딸을 상하게 한 그녀의 자식을 생각하면 용서가 안 되고 속이 새카맣게 타는 듯 불길이 치솟았지만, 한 아이의 엄마로서 그녀의 모습이 꼭 엄마 자신 같았다고. 그냥 그 엄마 마음이 내 마음 같고, 그 마음을 내가 더 잘 알아서.

엄마가 엄마를 알아보는 마음. 엄마이기에, 그 이름 때문에 더 잘 보일 수밖에 없는 그런 마음.

"미안해, 딸……. 엄마가 이런 결정한 거 이해해달라고는 안 해. 화나면 엄마한테 화 많이 내도 돼."

나는 밥숟갈을 내려놓고 덤덤하게 말했다. 솔직히 지금의 엄마는 정말 이해가 안 간다고. 그리고 언제쯤 엄마의 그런 마음을 알 수 있게 될지도 모르겠다고. 아마 평생 모를 수도 있다고. 다만, 지금의 결정을 엄마가 후회만 하지 않았으면 좋겠다고.

10여 년이 훌쩍 지난 지금. 언젠가 엄마한테 그때의 일을 물은 적이 있다. 엄마는 여전히 후회하지 않는다고 했다. 그때로 다시 돌아간다 해도 똑같은 결정을 했을 것 같다면서.

그런 엄마의 얼굴을 잠시 바라보며 나는 이런 결론을 내렸다. 여전히 이해되지 않고, 또 다른 누군가 역시 이런 내 엄마를 이해하지 못한다 할지라도.

그냥, 내 엄마가 너무 따뜻한 사람이라서 어쩔 수 없는 노릇이라고.

다정해서 좋은 우리

나 어릴 때 엄마가 자주 해줬던 말이 하나 있다. 사람이 사람의 마음만 얻을 수 있다면, 천하 세상을 다 얻은 것과 같다고. 어떤 일에서, 관계에서, 또 인생의 모든 것에서 사람의 마음을 얻는 것만큼 중요한 일은 없다고. 상대의 마음을 얻기만 한다면 세상에 못 할 일 따위는 없다고.

엄마가 말한 '사람의 마음을 얻는 것'은 이랬다. 마음 하나를 내주더라도 진심을 보이는 일. 편견 없이 사랑으로 마주하는 일. 그리고 다정할 것.

엄마는 자신의 집에 찾아오는 누군가를 그냥 내치는 법이 없다. 믹스커피 한 잔이라도 꼭 먹여 보냈고, 배가 고파 찾아온 길짐승들에게도 친절을 베풀어 먹을 것을 내어준다.

우리 엄마는 참 다정하다. 모든 생명에게. 그래서일까. 엄마 집에서 커피 한 잔이라도 대접받은 사람은 그해에 자신이 농사지은 품질 좋은 농산물들을 보내오기도 하고, 밥을 얻어먹은 길짐승들은 엄마의 집 주변에 돌아다니는 쥐나 새를 잡아다 마당에 턱턱 가져다 놓기도 한다.

우리 엄마는 퍽 다정한 사람이다. 모든 생명들이 보답을 하게 만들 만큼. 그리고 내게도, 엄마의 이런 영향들은 살면서

빛을 발할 때가 꽤 있었다.

대학생 시절, 나는 아르바이트를 세 개나 하면서 죽기 살기로 살았다. 일하랴, 공부하랴. 학기 장학금을 놓치면 등록금을 내야 했기에, 이를 악물어야만 했다. 모자란 등록금이야 부모님의 도움을 좀 받을 수도 있었겠지만, 내 사정은 좀 달랐다. 죽어도 말하기 싫었으니까.

재혼한 지 얼마 안 된 엄마에게 손을 내미는 게 어쩐지 미안하기도 하고 눈치가 보이기도 하고. 괜히 엄마가 나 때문에 아쉬운 소리를 하는 것도 싫고.

그러다 그해 학기에 결국 문제가 생겼다. 장학금을 놓쳤고, 통장에 있는 잔고를 이리저리 다 끌어모아도 등록금은 턱없이 모자랐다. 휴학을 해야 하나, 어째야 하나, 고민하고 있는데 절친에게서 전화가 왔다.

"너 목소리가 왜 그래?"

"그냥……."

"무슨 일 있구나. 왜 그러는데?"

"등록금이 모자라서, 휴학하려고."

휴학이라는 말에 친구가 펄쩍 뛰며 어림없다는 듯 말했다.

그때는 하지 못했던 말, 이제는 꺼내는 말

"휴학? 미쳤네! 등록금 그거, 내가 해줄게!"

며칠 뒤 친구는 두말없이 통장을 내 앞으로 내밀었다. 이 돈으로 등록하라면서. 휴학 같은 걸 왜 하냐면서.

눈물이 왈칵 차올라 그렁그렁하게 맺혔다. 고등학교 졸업 후 자신도 경리직으로 근무하며 넉넉하지 못한 형편이었는데. 친구의 그런 사정을 빤히 알면서, 내미는 통장을 선뜻 받을 수가 없었다. 그렇게 통장만 빤히 쳐다보고 있자니, 친구가 빙긋이 웃으며 이렇게 말했다.

"이거 그냥 주는 거 아니야. 나 지금 너한테 투자하는 거야. 미래의 작가님한테. 그러니까 너 반드시 좋은 글 쓰는 작가 돼야 해. 알겠지?"

끄덕끄덕.

미안함과 고마움에 고개를 떨구자, 손등 위로 눈물이 투둑투둑 떨어졌다. 한번 시작된 눈물이 주체할 수 없는 울음으로 터졌다. 끄윽, 끄윽 넘어가는 숨을 참으며 더듬더듬 친구에게 물어보았다. 어떻게 나한테 이런 큰돈을 그냥 내어줄 수 있는 거냐고. 친구는 별로 대수롭지 않다는 듯 대꾸했다.

"너도 나한테 그랬잖아."

친구는 자신의 방황기를 덤덤히 이야기하기 시작했다. '그 시절' 자신에게 닥친 시련들은 혹독했고 치열했고, 그 끝에서 옆에 남은 친구는 나 하나뿐이었다고. 그 힘들고 어려운 시절에 친구의 자리를 내버리지 않던 단 한 사람, 그게 나라고 했다. 그렇게 자신의 옆에 남아 묵묵히 곁을 지켜줘서 살아갈 수가 있었다고. 그렇게 따뜻하고 다정했다고. 내가 준 다정은 공짜였는데, 그것으로 나는 평생을 함께할 수 있는 귀한 친구를 얻은 셈이었다.

그리고 그날, 나는 제대로 알고 보게 됐다. 엄마가 삶으로 말해온 그 모든 다정함과 따뜻함이 이런 거라는 걸.

지금 이 순간, 다정한 나의 엄마에게 해주고 싶은 말이 있다. 지금까지 짧다면 짧고 길다면 긴 시간을 사는 내내, 엄마가 내 옆에 있어줘서 참 다행이라고. 엄마가 아니었다면, 아마도 나는 상처와 가시투성이로 누군가를 대하고 그런 왜곡되고 아픈 시선으로 세상을 바라봤을지도 모른다고.

내가 그런 슬픈 마음으로 살지 않게 해줘서, 조금은 따뜻한 시선으로 세상을 볼 수 있는 마음을 갖게 해줘서, 다정한 사람으로 자랄 수 있게 해줘서 참 감사하고 고맙다고.

그런 다정하고 따뜻한 엄마가 내 엄마여서, 정말이지 너무 너무 좋다고. 너무너무 행복하다고.

그 후로 나는 이런 말들을 좋아하게 됐다.

그 나물에 그 밥.

끼리끼리, 유유상종.

그 엄마에 그 딸.

그래서 다정할 수밖에 없는 우리.

내 딸은, 내 딸이니까 괜찮아

가을장마가 시작되고 내내 내리는 비가 지겨워 묵은 짐들을 정리할 때였다. 다용도실에 저만치 처박아 둔 박스를 꺼내 열어보니, 초등학교 때부터 20대 초반까지 누군가와 주고 받은 편지들이며 스티커 사진들이 쏟아져 나왔다. 나의 '그 시절'들을 조우한 것이 못내 신기하기도 하고 반갑기도 하고.

그렇게 짐 정리는 까맣게 잊은 채 박스를 벌려놓은 자리에 주저앉아 시간 여행을 조금 해보기로 했다. 사실 이런 때 아니면 또 언제 이 박스를 들여다보게 될지 기약을 할 수 없기에. 때마침 '장마'라는 핑곗거리와 '정리'라는 좋은 구실이 만났으니, 이 기회를 놓치기에는 너무 아깝다는 생각이 들었다.

편지 내용을 읽다가 깔깔깔, 우스꽝스러운 표정을 지은 사진을 보며 큭큭큭, 시간 가는 줄 모르고 웃어대다가 스르륵 미끄러지듯 바닥으로 떨어진 사진 한 장에 손이 멈칫, 시선이 툭, 멈추었다.

갓 스무 살이 되었을 때 친구들과 어느 클럽에서 찍은 사진. 그때의 나는 친구들과 몰려다니며 클럽 순회를 했다. 이제 막 성인이 된 '우리들'에게 난생처음 접한 유흥의 맛은 짜릿하기 그지없었다. 그러니 매일이 파티일 수밖에.

그러던 어느 날. 밤을 꼴딱 새우고 아침 첫차로 막 들어온 나, 그리고 외출을 하려는 엄마가 현관에서 맞닥뜨리는 아주 불편한 상황이 펼쳐졌다.

쭈뼛쭈뼛 집 안으로 들어오지 못하는 나를 보며 엄마는 이렇게 말했다.

"젊음도 한때다, 너~. 그때 놀지 언제 놀아."

그리고는 다음 날에 핫팬츠며 진한 컬러의 매니큐어까지 사다 줬다. 해볼 수 있는 만큼 실컷 해보라면서. 나중에 나이 먹고는 누가 사다 줘도 못 입고 못 바를 거라면서. 결혼하고 애 낳고 나면 못 해본 것만 생각이 나서 그 무서운 늦바람이라는 게 드는 거 아니겠냐고. 그러니까 볼썽사납게 나이 먹은 다음에 그러지 말고, 지금처럼 예쁘고 눈이 부실 때 해보라고. 이런 것도 지금 해야 가치가 있는 거라고. 모든 것은 다 때가 있는 거니까.

그로부터 몇 달간, 나는 아무 간섭도 받지 않고 지치도록 노는 데 열중할 수 있었다. 엄마의 힘찬 응원(?) 덕분에.

그렇게 놀고 놀고 또 놀고. 노는 게 지겨워져서 스스로 그만두었던 날, 문득 엄마한테 궁금한 게 생겼다.

그때는 하지 못했던 말, 이제는 꺼내는 말

"엄마는 다 큰 딸내미가 밤을 새우고 맨날 놀러 다니는데, 걱정도 안 됐어?"

"걱정만 했게? 너 들어올 때까지 밤잠 못 자고 맨날 심장이 졸아드는 줄 알았다."

심장이 졸아들 정도였으면 매라도 들 것이지, 그 모든 시간을 왜 참아주었을까.

"정신 차리라고 좀 때리지 그랬어."

"때려서 될 게 있고 아닌 게 있고. 그리고 나는 내 딸을 믿으니까."

믿는다고 했다. 내 딸을. 엄마 딸인 나를.

그때만큼 엄마가 멋있어 보였던 적이 또 있었을까. 그냥 믿고, 마냥 믿고, 그저 믿어주는 것. 내 엄마가 심장을 졸여가면서도 굳게 포기하지 않는 것이란 이런 거였다.

내 딸은, 내 딸이어서 괜찮다는 것.

다른 누구도 아닌 내 엄마에게 이런 두터운 신뢰를 힘입어 살았다는 것은, 지금까지 살아오면서 자존감을 다치지 않게 해주는 어떤 단단한 바탕이 돼주었다. 어떤 길 앞에서 스스로 선택을 하고, 결정을 하고, 책임을 질 수 있는. 몸만 큰 아이가 아니라 몸도 마음도 같이 균형 있게 자란 건강한 성인이 되었다.

물론 엄마는 이따금 나랑 싸우거나 의견 충돌을 빚을 때면, 다 큰 성인이 아니라 고집만 센 딸이라며 흘겨보기도 하지만.

가끔 생각해본다. 내가 그 시절을 지날 때, 엄마가 기다려주지 않았더라면. 혹은 매번 다그치고 화를 내고 나를 혼냈더라면. 나는 지금쯤 어떤 사람이 되어 있을까. (물론 우리 엄마의 방법이 무조건 맞는다는 건 아니다. 다만 자식마다, 또는 사람마다 저마다의 성격과 성향이 다르기에 그에 맞는 방법을 적절히 선택해야 한다는 걸 밝혀두고 싶다.)

그 시절, 엄마의 심장을 졸아들게 한 시간은 정말이지 너무 너무 미안하지만. 그럼에도 엄마 고마워. 지금의 내가, 나로 살 수 있게 응원하고 지지해줘서.

가장 따뜻한 위로가 필요한 순간에

나는 밥하는 걸 좋아한다. 정확히 말해 나는, 누군가에게 해주는 밥을 좋아한다. 특히, 마음이 상한 누군가에게 해주는 밥.

　　나의 '밥해주는' 습관이 언제부터 생겨났는지는 잘 모르겠다. 어떤 날, 무작정 배가 고프다며 찾아온 친구에게 해주었던 밥이 그러했을지도.

　　그날. 배가 고파 찾아온 친구는 정작 밥술은 몇 번 뜨지도 못하고, 마주한 밥상머리에서 밥알을 가득 입에 문 채 내내 아이처럼 소리를 내어 울었다. 이렇게 뜨끈한 밥이 얼마 만인지 모르겠다면서. 네가 해준 밥이 너무 맛있다면서.

　　밥을 한다는 행위 자체는 내게 있어 늘 엄마를 연상하게 한다. 떼려야 뗄 수 없는 그런 운명 같은 것이랄까. 어떤 날은 옆에 없는 엄마와 경쟁을 하는 날도 있을 정도니까.

　　여하튼. 엄마는 밥 짓는 걸 많이 좋아한다.

　　그래서인지 엄마의 집에는 언제나 사람들의 발길이 끊이지 않는다. 그냥 지나다 들른 사람, 복장 터지는 일 때문에 찾아온 사람, 무언가를 나눠 받으러 온 사람, 하릴없는 외로움 때문에 주저하다 들어온 사람 등.

농번기 한철. 과수원 일로 곤죽이 될 정도로 지친 심신일진대, 엄마는 자신의 집을 찾은 이들을 위해 곧장 주방으로 향한다. 냉장실, 냉동실을 뒤적여 온갖 재료를 꺼내고 손질하고 다지고 데치고 볶고 양념을 하며, 뚝딱뚝딱 금세 한 상을 차려낸다.

방금 한 음식들로 채워진 밥상을 마주하는 사람들. 입안이 깔깔하다던 이들이 금방 밥 한 그릇을 비워내고 반찬 그릇이며 국그릇을 차례대로 비워나가면, 그런 상대를 보는 엄마의 눈이 곱게 휘어진다. 만족스러운 듯 입꼬리가 말려 올라간다.

엄마에게 최고의 기쁨을 주는 순간이다. 뚝 떨어진 누군가의 마음 온도를 36.5도로 데워주었다는 것에. 내 안에 있는 조금 넘치는 온기가 다른 사람에게 꼭 들어맞아 섞였다는 것에.

엄마의 이런 방법은 찾아오는 사람에게만 해당하지 않는다. 속상한 일로 며칠째 얼굴을 안 보이는 친구한테 전화를 걸어 먹고 싶은 게 있느냐 없느냐 물어보고, 그날 오후에는 장을 본 후 음식을 해서 바리바리 싸 들고 배달을 해주기도 하니까.

예전에는 이런 엄마를 보며 그랬다. 도대체 왜 저렇게 사람들한테 밥을 못 해줘서 안달일까. 20킬로그램짜리 쌀이 보름도 안 돼 동날 때도 있었기에. 꽉꽉 눌러 채운 냉장고 속이 사나흘도 안 되어 텅텅 빈 깡통 소리를 들려주었기에. 마치 언제 누가 오더라도 만반의 준비가 되어 있다는 것처럼, 엄마의 집은 갖가지 식재료로 가득했기에.

그러다 어느 날인가, 우연히 알게 되었다. 나 역시 마음이 상했을 때 누군가가 해주는 따뜻한 밥 한 끼로 위로를 받는다는 것을. 코끝에 닿은, 방금 지은 달큼한 밥 냄새에서. 호호 불어 먹는 보글보글 찌개에서. 간이 삼삼하게 된, 그래서 맨입에도 자꾸 집어먹게 만드는 밑반찬에서. 그렇게 한 그릇 뚝딱 해치우고 나면 금세 배 속까지 뜨뜻해지면서 상했던 마음이 스르륵 녹아 없어져 버린다. 언제 그랬냐 싶게. '그랬던 마음'이 민망할 만큼, 무색하도록.

엄마가 사람들을 갓 지은 밥으로 위로하는 데에는 이유가 있다. 목소리가 아닌 마음으로, 심심한 정으로, 무너진 마음의 둑과 벽에 새 흙과 시멘트 칠을 해 골든타임은 지켜주고 싶은 것이다. 마음의 작은 균열이 마침내 쿠르르, 콰르르 무참하게 쏟아져 내리지 않도록, 응급처치 같은.

가끔은 그럴 때가 있으니까. 말로는 다 할 수 없는 위로가 필요할 때. 옆에서 툭 건들기만 해도 눈물샘이 폭포수처럼 솟아오르는 날이. 그냥 너무나도 마음이 고파서 진짜 배도 고파지는 이상 현상을 겪는 시간이.

"괜찮아, 잘될 거야"라거나, "이 또한 지나간다. 시간이 약이다"라거나, "그만 잊고 툭툭 털어버려"라거나. 아픈 기억의 한 조각쯤은 인생에서 좀 도려내도 사는 데 별다른 지장은 없을 거라는, 이런저런 무수한 말들에서 오는 헛헛함에 그저 처연해질 때.

엄마는 누군가를 위해 밥을 짓는다. 군이 말하지 않아도, 김이 모락모락 나는 물기 잔뜩 머금은 찰진 쌀밥을 그 앞에 놔주고. 밥알을 포근하게 덮어줄 따끈한 감잣국도 가득 퍼 담아 옆에 두고. 껄끄러운 입안을 잔잔하게 휘감을 보들보들 계란말이랑, 떨어진 기운도 호랑이 기운만큼 끌어올려 줄 고기반찬도 좀 채워주고. 음식 하나하나에 마음을 담고 정성을 담고. 그렇게, 온기를 담고.

적당한 온기를 머금은 음식들이 기분 좋게 식도를 넘어가면, 위장으로 폐부로 심장으로 사박사박 열기가 전해진다. 따뜻함을 씹고, 포근함을 삼키고, 말랑함을 넘기고, 단단함을 채우고. 따뜻하게, 부드럽게, 토닥토닥, 마음이 꽉 차도록.

가끔 오늘은 내가 그렇다고, 엄마에게 말하고 싶어지는 날
이 있다.

여러 인간관계에 지치는 날에. 누군가의 말 한마디가 괜히
심장에 콕 박혀 내내 따끔거리는 날에. 환절기 스산한 공기만
으로도 폐 속이 차갑게 얼어붙는 날에. 괜스레 서럽고 속이
허한 날에. 그리고 그냥, 무작정, 엄마가 보고 싶은 날에.

"엄마의 뜨끈한 정 한 끼, 나 지금 그게 몹시 필요해."

그때는 하지 못했던 말, 이제는 꺼내는 말

평범하단 말이 절실해질 때

'약한 소리 안 하는 사람.'

주변 사람들에게 종종 듣는 이야기이다. 그리고 이런 말은 나를 내심 쓸쓸하게 한다. 사실 약한 소리를 '할 줄 모르는' 게 아니라 '할 수 없는' 것이기 때문이다.

"너는 강한 애니까."

"해주는 약한 소리 절대 안 하는 친구야."

어느 때에는 나도 힘들고 위로가 필요한데. 나를 보는 시선이 주문처럼 심장에 박혀서, 도무지 말을 할 수가 없다. 어쩌다 힘든 마음을 어디에 좀 털어놓고 싶어도 그 한 줄기 꺼내놓기가 어려운 게 사실이다. 처음 보는 내 모습에 상대가 당황할까 봐.

이로 인해 생긴 습관은 힘들수록 더 웃는다는 것. 스스로 "난 괜찮아"라는 말로 상한 마음을 덮고 더 씩씩한 '척', 괜찮은 '척'을 한다는 것.

그래서일까. 우리 엄마 역시 내가 정말 씩씩하고 뭐든 다 잘해내는 줄 안다. 힘들고 아프다는 말을 너무나도 안 하고 살아서일까. 그 '잘해내는' 걸 위해서 내가 얼마나 부단히 애를 쓰고 죽을 노력을 하며 살았는지, 엄마는 잘 모르는 것 같다. 힘들고 어렵다는 말을 하는 쪽보다는 버텨내는 쪽을 선택하는 내가 마냥 강하고 독한 줄로만 아는 듯하다. 그러나 나의 이런 성향은 환경으로 만들어진, 그러니까 스스로를 지키기 위한 방패다.

"너 어릴 때, 밖에 나갔다가 오면 만날 울고 들어와서 엄마가 얼마나 속상했는지 알아?"

가끔 외할머니와 함께 나의 유아 시절을 회상하는 엄마가 하는 말이다. 그랬다. 나는 잘 울고 마음도 여린 아이였다. 누가 한 대 때리면 같이 때리는 게 아니라 주저앉아 바보처럼 우는, 눈물이 많은 아이였다.

그러다 언젠가부터 변하기 시작했다. 아니, 변하기로 했다. 내가 죽을 것만 같아서. 누군가에게 약한 모습을 보이지 않는 게 나를 지키는 방법이라 생각했고, 그 누구에게도 나의 연약함을 드러내지 않기로 했다. 그 대신 웃자고. 그럴수록 더 아무렇지 않은 듯 밝게, 더 밝게.

내가 어렸을 때의 엄마는 늘 바빠서 마음을 나누고 기대고 할 시간이 없었다. 어린 내 눈에 엄마는 늘 여유가 없어 보였으니까. 엄마에게 짐이 되고 싶지 않았다. 혼자서도 뭐든 잘해내는 딸이고 싶었다. 손 많이 가지 않고 알아서 척척 잘하는 딸.

그래서 엄마한테도 말하지 않았다. 내 깊은 속내들을. 이런 저런 걱정과 고민이 있을 때도 묵묵히 삭이고 이겨내는 시간들. 잘하는 건 줄 알았다. 이게 엄마를 위하고 나도 위하는 건 줄 알았다. 내가 이렇게 하면 다 같이 행복할 줄 알았다. 그러나 나는 행복하지 않았다. 점점 우울해졌고. 삶의 이유들을 잃어갔고. 그리고 웃었다.

그런 시간이 지나고, 나는 내 감정을 숨기고 드러내지 않는 것에 익숙해졌다. 아프고 힘든 걸 견디고 버티는 것에 익숙해 졌다. 상처에 점점 무뎌졌다. 이런 내가 완성됐을 때 사람들은 나를 '센 언니'라 불렀다. 잘 울고 말랑한 마음을 가진 나는, 이미 지워져 있었다.

그리고 내 엄마에게는 '강하고 센 딸'이 되어 있었다. 딸의 성장 과정을 지켜봐 주고 마음 써줄 여력이 없었던 엄마의 기억속 나는 그랬다. 어릴 땐 울보였고, 커서는 강하기만 한 딸.

나이가 이만큼이나 먹고 스스로 앞가림을 할 정도의 위치가 되었지만, 그런 날이 한 번씩 있다. 엄마한테 투정 부리고 어리광 부리고 싶은 날. 특히, 강한 척하는 노릇이 지긋지긋해서 집어던지고 싶을 때.

이런 마음을 엄마에게 전하는 날이면 조금 더 무거운 대답
이 돌아온다. 부모로서 위태로운 딸을 볼 때는 애간장이 녹아
없어진다는 것. 그리고 한숨, 끝없는 걱정의 말들. 이런 순간
이 되면 속이 답답해져 머리가 펑 하고 터질 것만 같다.

"엄마가 걱정하는 거 알겠는데. 엄마 한숨이, 엄마 걱정하는
소리들이, 나를 더 미치게 해. 그거 알아?"

엄마의 마음을 헤아린다는 건 내게 '능력 밖의 일'이다. 내가
자식을 낳고 엄마가 되어도 엄마의 마음을 헤아리기가 힘들
것만 같은데. 지금의 나로서는 도저히 알 수 없는 것이 엄마의
마음인데.

나를 알리고 싶은 마음. 엄마가 나를 좀 더 알아줬으면 좋겠
다는 바람. 나를 궁금해했으면 하는 기대. 이런저런 방법으로
'나 전달법'을 시도하지만 번번이 실패. 때문에 우리는 여전히
시행착오를 겪는 중이다.

엄마에게는 씩씩한 딸이고. 뭐든 척척 알아서 잘하는 딸이
고. 꿋꿋한 딸이고. 그런데 '그런 딸'은 이제 그만 졸업하고

싶다. 씩씩한 딸, 강한 딸, 약한 소리 안 하는 딸, 이런 것 말
고…….

엄마, 나 그냥 엄마 딸 할래.
아무 수식 없는, 그냥 딸.

○씩씩한 딸, 강한 딸,
약한 소리 안 하는 딸, 이런 것 말고…….

엄마, 나 그냥 엄마 딸 할래.
아무 수식 없는, 그냥 딸.

반짝반짝 언제나 사랑받는 딸이길

자정이 다 되어가는 시각. 원고 작업이 한창일 때였다. 핸드폰 진동이 울린다.

발신자는 [다 섞인 사이]. 27년지기 친구다.

"안 잤어?"

"아직. 잘 시간 아니야~"

"또 글 쓴다고 노트북 앞에 앉아 있구나?"

"그렇지 뭐. 너는?"

"나…… 공부하고 들어가는 중."

친구의 목소리에 힘이 하나도 없었다. 친구는 1년 전부터 매일 12시간 이상 인터넷 강의를 듣고 독서실을 오가며 공인중개사 자격증 공부에 매진하고 있다. 그런데 오늘 기운 빠진 목소리는 어쩐지 단순히 공부 때문만은 아닌 듯 느껴졌다.

"뭐야. 무슨 일인데."

목소리만 듣고도 알아채는 신공에 친구는 휴우- 한숨을 깊게 몰아쉬었다. 그러더니, "엄마가……"라며 운을 뗐다.

지금 하는 공인중개사 자격증 공부도 엄마의 소원이었다며. 그런데 정작 엄마는 자신을 봐주기보다 남동생에게 더 많은 애정을 쏟고 있는 것 같다며. 어떤 때는 내가 딸인지 뭔지 헷

갈린다며. 그리고 오늘은 아침부터 엄마가 속을 박박 긁어놓은 통에 하루 종일 공부에 집중할 수가 없었다고.

친구가 하는 말의 요지는 이랬다. 사실 원해서 시작한 공부도 아니었고, 살면서 엄마 속도 되게 썩이고 그랬으니 그 소원한번 들어주자 싶어 갸륵한 마음으로 도전한 것이었다고. 응원까진 아니어도 공부에 집중할 수 있게만 좀 신경을 써주었으면 좋겠다고.

친구의 이야기를 20여 분쯤 가만히 듣고 있던 나는,

"그냥 네 마인드를 바꿔야 해. 엄마들은 안 바뀌어. 나는 안 그런 줄 아냐. 시시때때로 우리 엄마가 내 속 뒤집어 놓는데, 그거 일일이 스트레스받고 싸우고 신경 쓰잖아? 그럼 나, 작가 못해~"

"나도 알지. 근데 그게 마음처럼 되냐? 저번에는 엄마가 가게에 놀러 오는 단골손님 딸은 뭐가 어쩌고저쩌고. 나 진짜 미쳐버리겠다. 내가 지금 뭘 하고 있는 건지……."

"그러게. 자식들도 그럴 때가 있는데. 주변 친구가 이번에 부모님이 뭘 사줬네, 뭘 해줬네 하면 되게 부러울 때 있는 거."

친구는 '폭풍 공감'한다고 했다. 자신은 어떻게 해도 엄마의

그때는 하지 못했던 말, 이제는 꺼내는 말

마음을 채워줄 수가 없는 존재처럼 여겨진다며.

사실 자식들도 다른 집 부모들과 내 부모를 비교하지 못해서가 아닌데. 어디까지나 내 생각이고 나의 시선이지만, 그 친구도 나도 각자의 엄마에게 참 괜찮은 딸인 것만 같은데. 뭐가 문제일까. 어디서부터 단추가 잘못 채워진 걸까. 아니면 그냥 이런 마음들이 오고 가는 것은 지극히 당연한 일인지.

언젠가 엄마한테 물어본 적이 있다. 엄마들은 왜 자식 자랑을 누구한테 하지 못해서 안달하는 거냐고. 그런 거 좀 안 하면 안 되는 거냐고.

엄마가 뚱한 표정으로 대답했다. 너도 이 나이쯤 돼보면 알 거라고. 지금 세대 엄마들이야 세상이 좋아져서 이런 거 저런 거 할 것도 많고 볼 것도 많고 다닐 것도 많고 그렇겠지만, 그래서 자식의 인생보다 자신의 삶을 다듬고 꾸릴 시간도 많아 온통 제 인생 이야기할 게 많겠지만, 나 같은 세대 엄마들은 아니라고. 자랑 한 푼어치 할 것 없는 인생에 자식 자랑, 남편 자랑, 이런 것도 없으면 무슨 낙에 이 긴긴 세월을 버티며 살겠냐고. 사람 사는 게 다 그런 거라고.

"그래서, 엄마는 내 자랑 뭐 하는데?"

엄마가 잠깐 생각하는 듯하더니 말했다. 내 딸, 작가라고. 엄마의 그 말에 나는 황당해서 잠깐 할 말을 잃었다. 작가…… 그럼 그거 빼고는 자랑할 게 없는 건가 싶어 적잖이 충격에 휩싸였다.

나는 내 엄마가 딱히 이래서 좋고, 저래서 싫고, 이런 생각은 별로 해본 적이 없다. 말이 좀 센 사람이라 처음 누군가에게 소개할 땐 약간의 긴장을 하는 건 사실이지만, 특별히 그게 싫거나 대단히 신경에 거슬리는 부분은 아니다.

있는 그대로의 엄마를 사랑하니까. 나는 엄마가 내 엄마인 게 그냥 좋으니까. 세상 시선 신경 쓰지 말고, 누군가는 자신이 가진 것이 최고라며 자랑을 해도, 엄마는 거기에 휩쓸리지 않았으면 좋겠다는 마음.

지금 시대가 그렇고, 나이를 먹어서 그렇고, 살아온 방식이 달라서 그런 거라는 엄마의 생각을 부정하는 게 아니다. 나 역시 엄마한테는 누가 봐도 세상 남부러울 것 없는 자랑스러운 딸이 되고 싶으니까.

다만 엄마도 나를, 그냥 있는 그대로 좋아해주고 사랑해줬으면 좋겠다. 특별히 자랑할 게 많은 딸이어서, 대단히 작가인 딸이어서 그런 거 말고. 그냥 내 딸이기 때문에. 누구랑 비교도 하지 말고. (그렇다고 해서 우리 엄마가 나를 사랑하지 않는다는 말이 아니다. 단지 가끔은 어떤 부분에서 좀 지나치다 싶을 때가 있기에. 그게 어떤 날은 되게 속상하기도 하니까.)

누군가 "우리 딸은 이래~"라며 은근한 자랑을 해올 때 우리 엄마는 이랬으면.

"나는 내 딸이 그냥 좋아. 왜냐면 내 딸이니까. 이희정 딸이니까. 내 딸은 그래서 후지지 않아, 절대."

이렇게 당당하게 말해주는 엄마이길. 그냥 내 딸이어서, 그 존재 자체만으로도 빛난다고 말해주는 그런 엄마이길 바란다. 나는 엄마가, 그냥 내 엄마여서 좋으니까. 음식을 잘해서, 누군가에게 잘 베풀어서, 가식 떠는 성격이 아니어서, 이런 게 아니니까.

그냥 엄마가 장해주 엄마여서 좋은 것처럼.

나도 그렇게, 사랑받는 딸이길. 언제나.

엄마도 나를, 그냥 있는 그대로
좋아해주고 사랑해줬으면 좋겠다.
특별히 자랑할 게 많은 딸이어서,
대단히 작가인 딸이어서 그런 거 말고.

"나는 내 딸이 그냥 좋아.
왜냐면 내 딸이니까. 이희정 딸이니까.
내 딸은 그래서 후지지 않아, 절대."

이렇게 당당하게 말해주는 엄마이길.
그냥 내 딸이어서, 그 존재 자체만으로도
빛난다고 말해주는 그런 엄마이길 바란다.

우리가 사는, 참 '다른' 세상

엄마는 액션, 나는 로맨스.

엄마는 갈비뼈에 붙은 살, 나는 살코기.

엄마는 속 쌍꺼풀, 나는 겉 쌍꺼풀.

엄마는 흰 피부, 나는 까무잡잡한 피부.

엄마와 나는 모든 것이 다르다. 성격이며 취향이며 생김새까지. 닮은 구석이라곤 거의 없다. 물론, 이 세상에 싱크로율 99.9퍼센트의 확률로 일치하는 얼굴, 성격, 생각, 목소리는 없다. 부모, 자식, 형제, 자매라는 같은 유전자끼리도 100퍼센트의 확률로 '똑같은' 모습은 없으니까. 결국 '내 마음 같은' 사람 없고 '나랑 똑같은' 사람도 존재하지 않는다는 것.

그러다 누군가를 만나 희열을 느끼는 순간이 있다. 나랑 똑같지는 않지만 왠지 모르게 말이 통하고 마음이 통하고 공통분모가 있는, 78억의 인구가 존재하는 지구에서 이런 존재를 만난 것에 대한 짜릿함.

우리는 이걸 두고 '결이 같다'라거나 '코드가 맞는다'라고 표현한다. 어쩌다 만난 남남끼리도 만남의 쾌감이란 게 있는 법인데. 피를 나누고, 삶을 나누고, 몇십 년을 부대끼며 살아온 엄마와 나는, 어쩌면 안 맞아도 이렇게 안 맞을 수가 있을까. 아이러니를 넘어 이해 불가, 납득 불가 수준이다. 그러니 이 문제야말로 전 인류의 난제가 아닐는지.

어느 날인가, 엄마의 주방 살림을 요리조리 살펴보던 외할머니가 잔소리를 하기 시작했다. 냄비는 왜 여기에 뒀느냐, 양념통은 다른 거로 바꿔라, 그릇은 또 왜 이렇게 많냐 등등. 듣고 있던 엄마가 진저리를 치며 대꾸했다.

"엄마! 내 살림이야. 잔소리 좀 그만해~. 왜 자꾸 딸 살림살이를 뒤져."

이런 모습을 볼 때면 나는 어이가 없어 그저 너털웃음을 터뜨리게 된다. 엄마도 나한테 그러면서 뭘.

우리 집에 오면 늘 그랬으니까. 옷 때문에 방이 터지겠다, 냉장고는 왜 이렇게 텅텅 비었냐, 뭘 해 먹고는 사는 거냐. 엄마 눈에 탐탁지 않은 부분을 꼬집고 또 꼬집고. 딸내미 걱정에 하는 소리인 건 알지만, 같은 소리를 어느 정도 듣다 보면 스멀스멀 얕은 짜증이 올라오기도 하는 게 솔직한 마음이다.

이런 사소한 것에서 우리의 '안 맞는' 부분에 대한 감정은 극도의 스트레스로 증폭이 된다. 엄마의 잔소리가 조금씩 신경을 건드리기 시작하면 잔뜩 뾰족한 얼굴이 되어, "제발 그만 좀 해!" 하고 터뜨려버리니까.

이제 엄마와의 본격적인 전투가 시작된다. 나의 날카로운 반응에 엄마의 레퍼토리가 나올 차례다. 돈 벌어서 옷만 사지 말고 젊을 때 한 푼이라도 더 모아라, 성격만 더러워서 누가 널 데리고 가겠냐, 내가 여길 안 와야 한다는 둥.

"엄마랑 진짜 안 맞아!"

"나도 너랑 징글징글하게 안 맞는다! 속 터져."

그렇게 찌릿한 눈빛을 한번 교환하고 나면 잠시 휴전. 그러나 오래지 않아 2차전이 개시된다. 슬쩍 내 쪽으로 시선을 주던 엄마가 선수를 친다.

지금부터 돈 안 모으면 거지가 된다는 둥, 결혼할 때 돈이 얼마나 필요한지 아느냐는 둥, 철철이 옷만 사 입지 말라는 둥.

이쯤 되면 나는 이런 생각을 한다. 아, 나는 내 엄마한테 진짜 바보 딸이로구나. 뭔가 되게 서러웠다. 딸로서가 아니라 요즘 젊은 세대를 전혀 이해하지 않고 그저 엄마식대로, 엄마가 살아온 방식대로만 내게 일방적으로 쏘는 말들이었으니까.

나는 결국 폭발한다. 엄마가 생각하는 것처럼 내가 사치나 하고 빚이나 지는 그런 사람 아니다. 엄마랑 나랑 세대가 같은 줄 아냐. 엄마 때처럼 은행에 돈 넣어놓고 이자만으로 먹고살던 시대가 아니다. 청년들이 살기에 지금이 얼마나 각박하고 힘든 시대인 줄 알고는 있는 거냐. 밖에 나가서 한번 물어봐라, 지금 빚 안 지고 사는 청년이 몇이나 있나. 요즘은 빚도 능력이다, 능력 안 되는 사람한테 누가 돈이나 꿔주는 줄 아냐고.

내 반박에 엄마가 기함하는 표정으로 헛웃음을 짓는다. 없으면 안 쓰면 그만이고 있을 땐 아끼면 되는 거지, 도대체 너는 사는 게 뭐가 그렇게 복잡하냐면서.

이쯤에서 나는 입을 다문다. 지금 이 상황을 더 이어간다는 건 무의미하다는 결론. 어차피 이 난제는 금세 해결될 사안이 아니기에. 나와 엄마 사이에 흐르는 강이 너무 깊고도 넓었다.

서로 살아온 세대가 다르고, 방식이 다르고, 세상을 보는 시각과 생각이 다르다. 견해를 좁힌다는 건 사실상 어렵다. 그러므로 우리가 다르다는 걸 그저 인정해야 한다고, 나는 묵묵히 받아들이고 만다.

이해를 바란다는 게 무의미해질 때가 있다. 동시대를 살고 있어도, 같은 여자라도 말이다. 동시대에 살지만, 우린 전혀 다른 방식의 삶을 고수하며 살아가니까. 자신의 몸에 밴 지난 시절의 향기까지 쉽게 바꿀 수는 없으니까.

내가 엄마가 되고, 나만큼 나이를 먹은 자식과의 대화를 그려본다.

그때의 나는, 내 아이가 바라보는 나는, 그 아이의 눈동자 안에 담긴 나의 모습은 어떻게 비춰지고 있을까.

젓가락 행진곡의 불편한 진실

"너 진짜 이상해! 나는 내 엄마한테 안 그러는데, 너는 왜 그래?"

내가 엄마한테 꼬박꼬박 말대답을 하거나 엄마의 말에 반박을 하고 반기를 들 때, 엄마가 잔뜩 약이 올라 빨개진 얼굴로 하는 말이다.

나는 안 그러는데, 도대체 너는 왜 그러는 거냐고. 엄마가 외할머니한테 하는 걸 보고, 너도 좀 그렇게 네 엄마를 대해달라는 말. 엄마가 그럴 때마다 나는 이렇게 말하고 싶어진다.

"가끔은 엄마도 할머니 때문에 속 터질 때 있으면서!"

할머니는 연로해지면서 이따금 으름장도 놓고 고집도 부리고, 안 하던 행동들이 자꾸 하나둘 늘어간다. 그리고 할머니의 이런 돌발 행동에 장단을 잘 맞추던 엄마 역시 한 번씩 터질 때가 있으니까.

반대로 나는 엄마의 으름장을 받아준 적이 별로 없다. 썩 착한 딸이 아니라서 그럴지도 모르지만, 이건 어디까지나 상황에 따라 다르다. 받아줄 수 있는 게 있고 그렇지 않은 게 있으니까. 물론 이분법적 잣대로 이건 되고, 저건 안 된다고 굳이 나누는 것은 아니다.

나는 그저 내가 받아들일 수 없는 상황은 깔끔하게 포기하는 편이기에. 안 되는 것에 억지로 나 자신을 사지로 몰아넣어가며 이해하려 애쓰고 힘 빼는 데 시간을 들이는 대신, 그저 나와는 다르다고 인정하는 쪽이다. 나랑 다르다고 해서 틀린 게 아니고, 다름을 받아들이는 쪽이 감정 소모를 줄여 문제를 해결하는 데 더 효과적이기에.

부딪히는 게 싫어 무조건 피한다거나, 다르기에 내 쪽에서 무조건 수용한다는 것은 아니다. 잘 싸우고 잘 풀고 잘 화해하자는 것. 피하는 것에도 결국 막다른 벽이 있으니까. 싸울 땐 그저 피 터지게 싸워도 보고. 그러다 보면 상대에 대해서도, 나에 대해서도, 그동안 몰랐던 새로운 사실들을 알게 된다. 그게 좋은 것이든 나쁜 것이든.

이런 과정이 얼마쯤 되풀이되면 꼬인 관계를 풀어나가는 방법과 상대의 상한 마음을 만져주고 공감해주는 요령도 터득하게 된다. 물론 엄청난 시행착오와 시린 과정들을 거쳐야 한다는 게 조건 아닌 조건이지만.

이런 과정을 엄마와의 관계에서 거치다 보면 여러 가지 미묘한 감정들이 더 많이 스친다. 내 엄마도 이유 없이 내게 으름장을 놓는다거나. 내가 바른말을 할 때, 내 말이 맞는다는 걸 스스로 알고 있음에도 인정하기 싫어한다거나. 그래서 결국은 엄마 자신이 딸보다 더 바르다고 우긴다거나.

이런 벽에 부딪힐 때면 문득 드는 생각이 있다. 지금보다 세상을 더 알고 더 폭넓은 시야가 생기면 좀 달라지려나. 이건 어디까지나 성향이 그런 게 아닐까. 그러다가도, 엄마의 으름장이 전부 받아들여진다는 게 과연 가능한 일인 걸까. 그때쯤이 되면 나도 다 자란 어른이 되었을라나.

그러다 어느 날 할머니가 했던 말이 떠올랐다.

"네 엄마가 지금이야 나이도 먹고 철이 났다지만, 젊을 때만 해도 내 속을 얼마나 썩였는지 아냐?"

엄마가 할머니의 속을 어지간히도 썩였다는 이야기. 웃음이 터졌다. 엄마도 그런 시절이 있었구나 하는 생각에. 엄마도 나랑 별반 다르지 않은 딸이었다는 마음에. 지금은 할머니에게 효녀이지만, '그때'의 엄마도 여지없는 딸이었다는 사실에.

"유 여사, 그런데 우리 이희정 씨는 나보고 만날 그래. 엄마 말을 더럽게 안 듣는 딸이라고."

떨떠름한 내 말에 할머니가 배꼽을 잡으며 웃는다.

"그거 누구 닮겠냐. 네가 네 엄마 닮지. 뭐, 네 엄마는 내 말 들은 역사가 있는 줄 알고?"

할머니가 말했다. 내 엄마 역시, 자신의 엄마의 말을 엄청나게 안 듣는 고집불통 딸이었다고.

그리고 그날도 그랬다. 여느 때처럼 나는 엄마 의견에 반박을 하며 말대꾸를 하기 시작했다.

"진짜 지겹다. 나는 네 할머니한테 안 그래. 할머니가 아무리 아닌 말을 해도 다 받아주고 달래주고 그러는데. 너는 완전 돌연변이야."

"거짓말하지 마. 할머니한테 다 들었거든? 엄마도 할머니 말 더럽게 안 듣는 딸이었다고. 속 엄청 썩어서 할머니가 속이 뒤집어지는 때가 한두 번이 아니었다고."

엄마의 두 눈이 번쩍 하고 커졌다. 내가 언제 할머니 말을 안 들었냐면서. 설사 그렇다 해도, 엄마의 그런 부분까지 꼭 빼다 닮아야겠냐고.

물론 아니다. 안 좋은 걸 굳이 닮을 필요가 있을까. 그러나 이건 내가 닮으려고 하거나 닮지 않으려고 애를 쓰는 것과는 다른 문제다. 그냥 엄마의 딸이라서, DNA가 그렇게 시키는 탓이다. 어쩌겠나. 이 몸 안의 피를 다 빼낼 수도 없고, DNA를 바꿀 수도 없는 노릇인 걸. 그저 엄마의, "난 안 그러는데, 넌 왜 그러냐"는 말에 공감을 할 수 없는 것일 뿐.

내 엄마에게 딸이 없던 시절, 엄마가 그냥 딸이기만 했던 날들. 그때의 엄마를 가만히 떠올려본다. 그러다 지금의 나와 엄마의 모습이 겹쳐 보여 깔깔깔 목젖이 보일 정도로 웃어젖힌다.

그래서 말인데, 엄마. 그때의 엄마가 그러했던 것처럼 나도 그런 거라고, 좀 이해해주고 넘어가면 안 될까?

관종이고 싶다

이 나이에 애정 결핍. 딱히 애정 결핍에 나이 같은 건 상관이 없지만, 그렇다. 나는 애정 결핍이다. 그것도 엄마한 테. 엄마한테 관심받고 싶은 1인.

애정 결핍이라는 게 뭔가 결여된 것, 하자가 있는 것은 아니라고 말해두고 싶다. 예전에 어떤 가수는 이런 노래도 부르지 않았던가.

사랑은 언제나 목마르다고.

다음 책 출간을 준비한다, 혹은 드라마를 준비한다는 등 나의 소식을 접한 지인들은 한 번씩 안부를 전해온다. 요즘 글은 잘 써지는지, 혹은 어떤 글을 쓰고 있는지, 이번에는 어떤 주제로 쓰는지. 그런데 우리 엄마는 정작 단 한 번도 물은 적이 없다. 참 무심하다는 생각. 그러다 문득 떠올랐다. 그때가.

고3, 특수목적고등학교에 재학 중이던 시절. 특목고는 특성 상 고3이 아니라 고2가 수험생이다. 그런데 나는 그 수험생 시절에 팡팡 놀았던 것.

"너 1학년 땐 글 좀 제법 쓰더니, 왜 그러나? 너 이러면 진짜 대학 가기 힘들어. 너 때문에 선생님 걱정이 이만저만 아닌 거 알아?"

문제는, 엄마는 내게 이런 사정이 있는지조차 몰랐다는 것. 다른 사람들은 다 갖는 관심이 엄마에게만 결여된 건 아닌지 의심스럽기까지 했다. 먹고사는 게 바쁘고 고단해서 그랬다고는 하지만, 이건 해도 해도 너무하다는 생각이 들었다. 갑자기 화가 나고 부아가 치밀어서 엄마한테 전화를 걸었다.

"엄마! 나 대학 못 갈지도 몰라."

"그럼 재수하든가, 취직을 하든가."

"아니 그게 아니잖아! 딸내미 대학 못 갈지도 모른다는데, 걱정도 안 돼?"

"참나. 걱정한다고 결과가 달라져? 이런 거 할 시간에 부지런히 글 한 줄이라도 더 써, 그럼."

그때 내 마음은 그랬다. 두고 보라고. 내가 보란 듯이 해내서 엄마한테 꼭 인정받고 말 거라고.

내가 특목고에 다니던 시절엔 그랬다. 전국 백일장에서 장원(1등), 차상(2등), 차하(3등) 안에 입상을 하지 못하면 대학에 갈 수가 없었다. 특기생으로 대학교 원서를 써야 했기 때문이다 (물론 지금은 교육과정이 그때와 많이 달라졌다).

나는 그때부터 4개월 동안 한 신문사의 백일장만 죽도록 파기 시작했다. 그리고 결국 해냈다. 전국 백일장 3등 입상.

엄마한테 전화를 걸었다.

"엄마 혹시 신문 봐?"

"갑자기 신문은 왜?"

"○○일보 오늘 날짜 신문 하나 사서 ○○면만 봐. 나 입상해서 내 글이 거기 실렸어."

"뭘 굳이 사서까지 봐~. 축하한다! 이제 대학 가겠네."

시큰둥한 반응의 축하 전언. 다른 엄마 같았으면 내 딸이 쓴 글이 신문에 실렸다고 온 동네방네를 누비며 자랑했을 일인데. 이제 대학 가겠네라니.

내가 그동안 이 글 한 편을 위해 얼마나 피를 말리고 살과 뼈를 깎고 깎았는데. 엄마가 말은 그렇게 했어도, 딸내미가 대학을 가네 못 가네 하는 마당에, 마냥 속이 편할 리가 없다고 생각했는데. 그래서 엄마를 감동시키고 싶었는데. 감동은커녕 대수롭지 않다는 엄마의 반응에 꽤나 마음을 다쳤다.

그리고 며칠 후. 아빠의 전화로 알게 된 사실이 하나 있었다. 엄마가 그날 자(내가 입상한 날) 신문을 사서 온 동네를 뛰어다니며, "내 딸 글 신문에 실렸어! 입상했대!" 떠들썩하게 자랑

        그때는 하지 못했던 말, 이제는 꺼내는 말

을 하고 다녔다는 것.

그냥 앞에서 좀 해주면 어디가 덧나나. 결국 그럴 거였으면서. 신나서 동네를 뛰어다녔을 엄마의 환한 얼굴을 생각하니 풋 하고 웃음이 터졌다.

그 후로 정확히 19년. 엄마는 여전하다. 앞에서 드러내놓고 이렇다 할 말은 해주지 않는다. 제발 나한테 관심 좀 가져줬음 좋겠는데. 특히 내가 원고나 대본 등을 쓸 때, 다른 누구보다 큰 응원이 되고 힘이 될 텐데. 내 엄마는 그런 것에는 여전히 무심하다.

그렇게 얼마 후. 상주 집에 내려갔을 때였다.

"어머 언니! 얘가 그 딸이야? 작가 딸?"

한껏 부러운 눈으로 엄마를 보는 동네 아줌마. 그 모습이 좀 쑥스럽기도, 민망하기도 해서 쭈뼛할 때였다.

"엄마가 자랑을 얼마나 하던지~. 책도 잘 읽었어요. 언니, 진짜 부럽다! 어쩜 이런 딸이 다 있어? 자랑할 만하네, 언니가."

옆집 동생의 너스레에 민망했던지 엄마가 시큰둥하게 반응한다.

"뭘 또 그렇게까지~."

그런 엄마를 보며 픽 하고 슬며시 웃는다. 뒤에서 할 거 다해놓고 막상 앞에 멍석을 깔아주면 부끄러워하는 엄마가 수줍음 많은 소녀 같았기에.

어느 날부턴가 엄마는 하루에 수십 통씩 전화를 걸어온다. 그게 어떤 날은 귀찮기도 하고, 바쁜 날에는 신경이 거슬리고, 한창 흐름을 타고 글을 쓰는 타이밍에는 여간 방해가 되는 게 아니다. 그래도 엄마의 전화를 무시한 적은 단 한 번도 없다. 오히려 그럴수록 꼬박꼬박 잘도 받는다. 다른 사람도 아니고 내 엄마 전화니까.

그러다 알게 됐다. 어쩌면 엄마도 관종이 되고 싶은지도 모른다고. 딸한테 사랑받고 싶고, 주변의 여느 모녀가 까르르 웃으며 지나는 모습에 내 딸이 떠올라서 무심코 아무 용건 없이 전화를 건 걸지도 모른다고. 나한테도 딸이 있다는 사실에 안심을 하는 건지도 모른다고. 내가 엄마가 있어 다행이라고 여기는 것처럼. 그 사실이 나를 굉장히 기고만장하게 하는 어떤 큰 힘이 되어서, 아이러니하게도 이따금 엄마를 속상하게 하고 아프게 할 때도 있지만.

그때는 하지 못했던 말, 이제는 꺼내는 말

이거 하나만은 분명하다. 엄마가 나를 사랑하고, 나도 엄마를 사랑한다는 것. 그래서 우리는 그 어떤 상대한테보다 사랑을 갈구한다는 것.

때문에 엄마는 딸에게, 딸은 엄마에게 관종이 되고 싶어 한다는 것.

○이거 하나만은 분명하다.
 엄마가 나를 사랑하고,
 나도 엄마를 사랑한다는 것.

 때문에 엄마는 딸에게,
 딸은 엄마에게 관종이 되고 싶어 한다는 것.

2

나만의 방법으로
엄마를 안아줄게

노력하지만 안 되고,
사랑해도 어쩔 수 없는 것

"우리 엄마 요즘 갱년기인가 봐. 가만있다가 그냥 막 울어."

친구는 자신의 엄마가 최근에 갱년기로 힘든 시간을 보내고 있다고 말했다. 퇴근길에도 수시로 우울하고 인생이 슬프다는 이야기를 한다면서. 그리고 그럴 때가 가장 난감하다고 했다. 이런 시간을 보내는 엄마의 마음을 어떻게 대해주고 달래줘야 할지 몰라서.

친구의 이야기를 가만히 듣고 보니 우리 엄마도 갱년기였다. 폐경이 찾아오고, 호르몬의 변화로 안 아프던 몸의 이곳저곳이 쑤시거나 아프기도 하고. 거울 속, 주름이 늘어가는 자신의 얼굴을 볼 때마다 '내가 왜 이렇게 팍삭 늙어버렸지', '저기 거울 속에 들어앉은 이가 진짜 내가 맞나' 싶어 서글퍼지기도 하고.

여자의 갱년기가 중2병보다 무서운 이유는 그랬다. 감정이 시시때때로 자기 자신도 제어할 수 없을 만큼 신경질적이거나 폭력적으로 변하기도 하고, 그러다 갑자기 내가 언제 그랬냐 싶게 땅 아래로 꺼지는 듯한 우울감이 찾아오기도 하는 것.

나만의 방법으로 엄마를 안아줄게

감정의 변화가 바닥으로 곤두박질치며 가라앉았다가도 금방 괜찮아지고, 그러다가도 또 돌아서면 작은 일에 괜히 화가 나고 짜증이 나고.

사실 이런 엄마의 변화에 가장 당황하고 놀라는 건 식구들이다. 그중에서도 나. 친구의 엄마처럼, 내 엄마 역시 이따금 촉촉이 젖은 목소리로 전화를 걸어와 내 심장을 철렁 내려앉게 하니까.

"딸…… 많이 바빠?"

어쩐지 기운이 쫙 빠진, 좀 울었는지 물기 머금은 코맹맹이 콧소리가 들려올 때.

"엄마 울었어? 왜. 무슨 일인데."

"그냥. 인생이 서글퍼……."

인생이 서글프다는 엄마의 말. 내게는, 도대체 어떤 마음일지 상상도 안 되는 그런 것이었다. 이걸 어쩜담. 무슨 말이라도 해주고 싶은데. 어떻게든 그런 엄마를 보듬어주고 싶은데. 엄마의 슬픔을 좀 나누면 좋겠는데.

방법이 없다. 내가 엄마를 위할 수 있는 방법. 이럴 때 내가 할 수 있는 일이란 "엄마 딸내미가 있잖아"라거나 "우리 어디

바람 쐬러 갈까?" 같은, 엄마의 마음을 아주 잠깐 환기시켜 주는 말이 전부였다. 이렇게 잠깐 환기를 하는 게 도움이 아주 안 되는 것은 아니지만, 임시방편일 뿐이다. 정작 본질적인 문제는 해결되지 않는다.

어떤 날은 엄마의 갱년기에 어찌 대처를 해야 할지 주변에 조언을 구해보기도 하지만, 사실 뾰족한 수는 없다. 사람의 특성이 다르듯, 이걸 겪는 사람의 증상도 어쩌면 하나같이 다 다르고 천차만별인지.

나의 답답한 마음을 아는 지인들이 하는 말은 대개가 이렇다. 무조건 잘 챙겨라, 엄마랑 여행을 한번 가라, 여자들은 출산했을 때보다 갱년기를 더 잘 보내야 하니까 딸이 곁에서 많이 신경 쓰고 잘해야 한다고.

그래서 마음을 쓴다고 하지만, 사실 갱년기를 겪어본 적이 없는 딸 입장에서는 하루에도 수십 번씩 왔다 갔다 하는 이런 감정 기복을 그때그때 어떻게 맞춰야 할지 난감하기만 하다.

갑자기 화를 내거나 울고, 기분이 좋았다가 나빴다가, 알 수 없는 감정이 되어 멍하니 하늘만 바라본다거나. 이런 증상은 시도 때도 없이 찾아온다. 그리고 사람마다 체질이나 성향이다 달라서 갱년기를 몇 년씩 꽤 오래 앓기도 한다는 것. 엄마의 갱년기는, 딸로서 사는 내게는 인생 최대의 시련이며, 답이 없는 시험문제를 놓고 끝없이 풀고 있는 느낌을 준다.

그러다 한 번씩은 이런 엄마를 맞추기가 어렵고 힘든 마음이 밖으로 표출되기도 하는데, 엄마는 그게 또 그렇게나 서럽다는 듯 자신의 속내를 터뜨린다. 딸이 뭐 그러냐고. 엄마 마음을 이렇게 몰라주냐고. 서운하다고.

이런 마음을 전해오는 엄마에게 내가 지금 할 수 있는 최선의 말.

노력하지만 안 되고 사랑해도 어쩔 수 없는 것. 그러나 엄마 혼자만 외롭게 그 길을 걸어가게 하지는 않을 거라는 말. 엄마의 갱년기 자체를 내가 같이 짊어져 주고 싸워줄 수는 없지만, 나는 나대로 엄마를 응원할 거라는 말.

엄마가 지쳐서 주저앉아 있을 땐, 먼저 손 내밀 수 있는 딸이. 마음이 울적할 땐, 때때로 애교 섞인 장난이나 맛집 투어를 하며 잠깐의 환기가 되어줄, 잔잔한 봄바람 같은 딸이. 화가 나고 짜증이 나고 엄마도 엄마의 마음을 어쩌지 못할 땐, 조용히 흐르는 강물처럼 차분히 엄마를 진정시켜 줄 딸이 돼줄 거라고.

　나만의 방법으로 엄마를 지켜줄게. 꼭. 반드시.

　그러니까 안심해도 돼, 엄마.

나만의 방법으로 엄마를 안아줄게

○엄마에게 내가 지금 할 수 있는 최선의 말.

엄마의 갱년기 자체를
내가 같이 짊어져 주고 싸워줄 수는 없지만,
나는 나대로 엄마를 응원할 거라는 말.

나만의 방법으로 엄마를 지켜줄게. 꼭. 반드시.
그러니까 안심해도 돼, 엄마.

더 많이 사랑하는 게, 약점은 아니잖아

"엄마가 너를 더 사랑하는 게, 그래서 내가 네 엄마라는 게, 약점은 아니잖아. 너는 어째서 그게 권리야?"

나와의 대화에서, 정확히는 나의 날 선 말 한마디에 마음이 잔뜩 상한 얼굴로 엄마가 던진 말이었다.

엄마가 약자라니, 생각지도 못했던 말. 단지 엄마의 딸이고 자식이기 때문에, 그게 권리를 행사할 수 있는 어떤 힘이 될 거라곤 생각해본 적 없다. 엄마가 나보다 나를 더 사랑할 리 없다는 착각 때문이었다.

어느 날 뉴스를 보다가도, 더럭 겁이 나서 내게 전화를 걸어오던 엄마였다. 지금 데이트 폭력이 난리다, 여자 친구가 헤어지자 했더니 살인이 일어났다, 그러니까 딸아, 사람 만나는 거 조심해라.

사회의 이런저런 이슈들을 보면서도, 엄마와 나의 시각은 전혀 달랐다. 세상천지에 별의별 일이 다 있구나, 참 무서운 사회다라는 짧은 탄식과 안타까움으로 소식들을 접하기는 하지만, 나는 사회의 소식들을 내 삶과 직접적으로 연결해 생각하지는 않았기에.

그런데 엄마는 아니었다. 뉴스 헤드라인 한 줄에도 딸 걱정으로 가슴을 졸였고, 주변에서 들리는 험하고 흉흉한 소식들에 내 딸이 떠올라 한숨 지었을 거였다.

나보다 나를 더 사랑하는 존재가 바로 엄마였다.

엄마가 나를 더 사랑하기에, 그래서 엄마가 나한테 더 많이 져줘야 한다는 생각을 은연중에 혹은 알고도 했던 것은 줄곧 내 쪽이었다. 그렇게 엄마를 점점 궁지로 몰아넣고 약자로 만들었다. 그리고 엄마의 사랑을 마치 맡겨놓은 것처럼, 처음부터 그냥 내 것이었던 것처럼, 그렇게 못된 권리 행사를 하고 있었던 것이다. 엄마니까 주는 것이 당연하고, 엄마니까 책임지는 것이 당연하고. 엄마, 그 이름이기에 무조건 당연한 거라고. 나는 그런 오만으로 살고 있었던 것이 아닐는지.

나는 그랬다. 연애를 하면 상대에게 약자가 되기 일쑤인 사람. 그러고도 상대가 더 받지 못하는 것에 샐쭉해지면 마지막 남은 한 방울까지 짜내고 밑바닥에 가라앉은 옅은 잔여물까지 박박 긁어서 주던 사람.

그런 시간이 반복되고. 그러다 어떤 날에는, 더 많이 사랑하는 쪽이 언제나 약자가 되는 것은 어쩐지 불공평하다는 생각

나만의 방법으로 엄마를 안아줄게

이 들었다. 마음도 내가 더 주고, 정성도 내가 더 쏟고, 애정도 내가 더 많이 보이는데, 어째서 이런 내가 늘 더 많이 아파야만 할까.

내가 상대를 더 많이 사랑하는 게 어느 날부터인가 그의 권리가 되고, 한마디로 '갑'이 되었다. 언제나 갑은 내가 아니었다. 더 많이 사랑해서, 그게 약점이 되어서, 결국은 고갈된 내 마음에 허덕이게 되었다.

그러다 불쑥 치미는 마음 끝에 나오는 말.

"내가 너를 사랑하는 게, 나한테 함부로 해도 된다는 말은 아니잖아. 어째서 너는 내 사랑을 마음대로 이용만 하는 건데? 그건 누가 허락한 거야?"

그런데 내가, 내 엄마에게 그런 몹쓸 '갑질'을 하고 있었다니. 내가 했던 말을 고스란히 돌려받는 듯한 느낌이었다.

엄마가 나를 사랑하는 마음, 나는 알고 있었다. 그래서 더 그랬는지 모른다. 엄마의 사랑을 내 편의에 맞춰 이용만 했으며. 누구의 허락도 없이, 나는 그 사랑을 닥치는 대로 써버렸다. 엄마의 것은 다 내 거라고. 엄마의 마음도, 엄마의 삶까지도. 엄마는 나를 위해서 존재하는 사람이라고.

없어도 주고, 있어도 주고. 어떤 날에는 없는 걸 만들어서라도 주는 그 사랑. 그럼에도 내 딸이 더 달라고 하면 주저 않고 기꺼이 내어주는 내 엄마인데. 나는 그 사랑을 너무 가벼이 여기고 있었다. 어째서 엄마의 사랑이 너무나 당연하고, 그래서 태연하고, 또 그렇기에 가벼워진 건지. 알고도 당하고 모르고도 당하는, 그게 내 엄마였다. 알고도 속아주고 모르고도 눈감아 주는, 그런 게 엄마의 사랑이었다.

"내가 너를 더 사랑하는 게 약점은 아니잖아"라는 엄마의 깊은 호소. 거센 파도에 깨지는 암석처럼, 마음이 산산조각이나 사금파리처럼 흩어지는 것만 같았다. 약점으로 이용하려고 한 것은 아니었지만, 이미 내 안의 뼛속 깊숙한 곳에서부터 그런 엄마의 약점에 기대고 있었으니까.

사랑하기 때문에.

그 이유만으로 엄마는 자신이 만신창이가 되어도 기꺼이 다내어준다. 그리고 그렇게 찢기고 뜯긴 엄마에게, 나는 철저하게 무심했다. 그저 방관하고 방치한 채로.

때문에 가끔씩은 내가 연애하던 그 상대에게 그러했던 것처

나만의 방법으로 엄마를 안아줄게

럼, 엄마도 자신을 약점 삼는 자식들이 못내 괘씸해서 울분이 치받을 거였다. 그래서 다시는 약자 같은 건 하지 않겠다고, 아랫입술을 꾸욱 찍어 누르고 있을지도 모를 일이었다.

그러나, 그러할지라도.

"엄마!" 반기는 딸의 목소리에, 조금 전 다짐 같은 것들은 금세 잊어버린다. 그리고 오늘도 자신이 보일 수 있는 가장 환한 미소를 내게 보여준다. 세상 누구보다, 내 딸을 제일 아끼고 사랑한다고.

그런 엄마에게 내가 지금 하고 싶은 말.

이제부터는 엄마한테, 내가 약자가 되어줄게. 오늘보다는 내일 더 엄마를 사랑해. 최고로 많이.

엄마니까 주는 것이 당연하고
엄마니까 책임지는 것이 당연하고
엄마, 그 이름이기에 무조건 당연한 거라고.
나는 그런 오만으로 살고 있었던 것이 아닐는지.

그럼에도, 매일 사랑할 수밖에 없는 이유

몇 년 전쯤이었다. 방송작가로 막 '메인'이라는 타이틀을 달고 몇 달쯤 지났나. 그때의 나는 매주 돌아오는 생방송 날짜에 맞춰 방송을 준비하느라 심장이 졸아들고 염통까지 쫄깃해지는 그런 나날을 보냈다.

프로그램 각 꼭지의 아이템 컨펌부터 대본과 구성안, 섭외와 진행 상황 등등. 1시간짜리 방송을 준비하기 위해 이것저것 체크하다 보면 정말 눈코 뜰 새 없이, 순식간에 시간이 없어지던 나날들. 매일 긴장 속에 일을 하다 보면 자연스레 예민해지기도 하고 신경이 곤두서기도 했다. 누군가는 메인 작가가 위에서 진두지휘 정도나 하는 것으로 인식해 말하기도 하지만. 사실 메인 작가가 해야 하는 일이 정말 많다.

여하튼. 전체 코너 작가들을 챙기다 보면 이따금, 아니 종종 언성이 높아지거나 날카롭게 후배들을 몰아붙이게 되는 순간들이 있다.

그날이 꼭 그런 날이었다.

"○○아, 경찰서 CCTV 확보됐니?"

"아 언니…… 죄송해요. 지금 확인해볼게요!"

나만의 방법으로 엄마를 안아줄게

"너 지금 정신이 있어, 없어? 그걸 지금 확인하면 어쩌라는 거야?"

"죄송해요……."

"죄송이 문제야? 네가 미치지 않고서 어떻게 그걸 체크를 안 해! 너 불방 낼 거야?"

사건·사고를 다루는 코너에서는 CCTV나 블랙박스 영상 확보가 필수다. 팩트 체크가 관건이기 때문이다. 그런데 1시간 전에 체크하라고 한 영상 체크가 안 되어 있었다.

당장 아이템이 엎어지는 최악의 상황을 그려본다. 다시 아이템을 찾고, 찾은 아이템을 본사랑 입씨름하며 설득하고, 그 과정에서 심장의 피가 더 바싹 마르겠지. 방송까지 3일밖에 안 남았는데.

이 정도 되면 '방송 펑크'라는 단어가 떠올라 더욱 날카로워진다. 이 상태에 이르자 화가 머리끝까지 치밀어 미쳐버릴 것만 같았다. 극도로 올라간 스트레스 지수로 목 뒷덜미가 빳빳해져 바람이나 좀 쐬자 싶었다. 후배의 얼굴을 더 마주하고 있다가는 험한 말이 나올 것 같았기에.

답답한 사무실을 빠져나와 옥상으로 올라갔다. 찬 공기가 이마에 닿으니 조금 전 스팀을 팍팍 내며 올라오던 열이 식는 것 같았다. 그렇게 10여 분쯤 지났을까. 사무실로 돌아가려는데, 옥상 저편에서 조금 전 나한테 된통 깨진 후배의 울먹이는 목소리가 들려왔다.

"엄마! (울먹) 나 메인X한테 까였어……."

푸흡! 웃음이 터졌다. 나는 호기심에 잠자코 조금 들어보기로 했다(엿들은 거 맞다. 이런 상황에 있어본 사람이라면 내 심정을 알 것이다. 십중팔구 끝까지 듣게 된다는 것을).

후배는 자신의 엄마한테 내 욕을 엄청나게 해댔다. 조금 봐줄 수도 있는 상황이었는데 못된 메인X가 나만 싫어하는 것 같다는 둥, 서러워서 때려치워야겠다는 둥, 내가 작가로서 자격 미달인 것 같다는 둥.

그리고 그 끝에 나온 말.

"지가 메인이면 다야?"

어이가 없고 기가 막혀 허탈한 웃음이 비어져 나왔다. 내 속은 속인 줄 아나. 쾌씸한 마음이 후욱- 명치께를 치받았다.

그리고 내 속에서 불쑥 올라온 말.

　　　　　　　나만의 방법으로 엄마를 안아줄게

'야, 너만 엄마 있냐. 나도 있거든? 우리 엄마한테 확악! 다 일러바칠까 보다. 속 썩이는 후배X 때문에 탈모 생겼다고.'

그쯤 되고 보니 다시 풋- 하고 웃음이 확 터졌다. 핸드폰 화면을 밀고 [내 엄마]를 내려다봤다. 걸까, 말까……. 그렇게 잠깐 망설이던 나는 결국 핸드폰 화면을 닫아버렸다. 내가 언제부터 그랬다고.

그러다 문득 이런 생각이 들었다. 엄마랑 내가 내내 부딪히는 지점. 엄마랑 내가 내내 트러블이 되는 포인트. 우리는 하나의 사건을 바라보는 시각이 너무나 다르다는 생각.

엄마랑 나는 싸울 때면 각자의 입장만 내놓기에 바빴다. 나는 이런 건데 너는 왜 그러냐. 극명하게 다른 서로의 마음. 서로를 이해할 수 없는 마음은 도대체 무엇 때문이었을까. 곰곰이 생각해보니 그랬다. 우리는 서로의 마음을 제대로 전달해본 적이 없다는 사실. 그저 말 안 해도 서로 알아주겠거니 했던 안일한 생각.

나 역시 그랬다. 내 마음 몰라준다고, 그래서 서운하고 섭섭하다고 난리만 쳤지 정작 내 마음을 엄마한테 제대로 전한 적이 없었다. 그러다 보니 엄마는 엄마대로 딸에 대한 추측들만

난무했을지도. '내가 이런 말을 하면 내 딸이 이런 반응을 보이겠지', '저런 말을 하겠지' 같은.

나는 왜 내 마음을 엄마한테 전하지 못하는, 아니 전하지 않게 된 걸까.

그랬던 것 같다. 언제부턴가 엄마한테 입을 닫고 엄마를 찾지 않았다. 엄마와는 어찌해도 마음이 닿지 않는다는 어떤 작은 균열 때문에.

어떤 문제 앞에서, '가만히 내 마음을 도닥여주었으면……' 하는 때가 있는데, 참 아이러니한 것은 이런 날 꼭 엄마랑 싸우게 된다. 이런 일들이 잦게 반복되다 보니 점점 입을 닫게 되는 것이었다. 엄마랑 싸우기 싫다는 명분으로.

그런데 이건 정말 명분에 지나지 않는다는 걸 알았다. 사실은 '답정녀' 식으로 확인받고 싶었던 게 내 마음이었으니까. 듣고 싶은 말을 안 해주는 엄마가 야속한 것일 뿐.

반대로 엄마도 그랬다. 너는 엄마 말을 안 들어준다고. 맞다. 엄마가 어떤 이야기를 할 때 나는, 내내 바른 소리 하기에 바빴으니까. 나 역시 엄마의 마음 상태가 어떤지 들여다본 적이 별로 없었다.

마음은 전할 수 있을 때 전해야 한다. 마음을 전해도 통하지 않을 때가 더 많지만. 그래도 낙심하지 말자. 또 그러면 좀 어떤가. 그 동상이몽 속에서도 우리는 썩 괜찮게 사랑하며 살아가고 있으니 말이다.

우린 어쩌면 매일 이렇게, 동상이몽을 하기에 더 사랑하는 건지도 모르겠다.

마음은 전할 수 있을 때 전해야 한다.
마음을 전해도 통하지 않을 때가 더 많지만.
그러면 좀 어떤가.
우린 어쩌면 매일 이렇게,
동상이몽을 하기에 더 사랑하는 건지도 모르겠다.

결국에는 사랑하고야 만다

"엄마가 되면 자기 엄마의 마음을 알 수 있다는데. 나는 더 이해가 안 가."

얼마 전 출산을 한 지인에게 들은 말이다. 그러자 언젠가 책에서 본 내용이 떠올랐다.

'모성은 학습이다.'

조금 충격적이었다. 모성이 학습이라니. 모성은 여성의 '본능'이라 철석같이 믿고 있었는데. 실험까지 해서 찾아낸 결과라니, 적지 않게 당황했던 기억이다.

모성이 학습이라면, 엄마가 이혼 후 자식들을 몇 년간 떼어놓을 수밖에 없었던 상황이 이해가 되고도 남았다.

"엄마, 그때 말이야. 왜 우리 안 데리고 갔어?"

내 물음에 불현듯 그때 생각이 났는지, 엄마가 담배 연기를 길게 뿜으며 말했다. 그땐 자신도 너무나 힘이 들었다고. 딱 죽고 싶을 만큼. 누군가가 나를 좀 어떻게 해줬으면 좋겠다는 생각을 할 만큼. 인생의 모든 걸 다 내려놓고 싶을 때였다고. 그래서 그땐 자식들도 눈에 안 들어왔다고. 어떤 사람들은 엄마가 돼서 그게 할 소리냐고, 엄마 자격이 없다고도 하겠지만,

그건 안 겪어본 사람들의 이상향 같은 말이라고.

　엄마의 깊은 속내를 듣고, 엄마의 상황 속으로 들어가봤다. 나라면 할 수 있었을까. 그리고 얻은 답은 그랬다.

　못하겠어.

　무너진 삶의 끝자락에 간신히 매달려 있는데. 자식들을 건사할 용기가, 그 자식들을 끌어안을 담대함 같은 건 없었다.

　내가 있어야 자식도 있는 거다. 무책임한 소리로 들릴 수도 있겠지만, 엄마 역시도 자신의 인생이 그렇게 흐를 줄 알았겠나. 원했든 원하지 않았든, 상황과 환경이 그리 된 탓인 걸.

　죽을 힘으로 살라는 말이 있다. 살아갈 동기를 부여해주려는 말이다. 그러나 때로는 이 말이, 절망 속에 빠진 어떤 이에게는 잔인하고 무책임한 소리로 들리기도 한다. 이미 사는 것 자체가 생지옥인 삶. 벼랑 끝, 작은 바람에도 위태롭게 흔들리는 촛불처럼. 하루하루 꺼져가는 자신의 한 자락만이 남아 있는 사람에게는 별다른 위로가 되지 못하니까.

　모성이 본성이라면, 엄마는 여자로서 어쩌면 더 잔혹한 인생을 살았을 거라는 생각이 든다.

그래서일까. 자신의 뼈아픈 '경험'을 통해 내 딸은 자신의 인생의 발끝도 따라오지 않았으면 하는 엄마의 마음. 이런 속내는 엄마의 모성이기보다, 같은 여자로서 살아가는 내 딸에게 자신의 삶이 되풀이되지 않았으면 하는 바람일지도. 다른 건 몰라도 제발 자신이 걸어온 이 지난한 여정에 발 들이지 않았으면 하는 염원일지도. 엄마가 딸에게 보내는 어떤 감성보다 여자로서, 딸로서, 엄마로서, 먼저 살아온 인생의 짙은 흔적들을 하나하나 알려주고 싶은 걸지도.

"부탁이니까, 너는 나보다 좀 더 나은 인생을 살아!" 하는 간절한 소망 같은.

때때로 엄마도 이기적이 된다. 자기중심적인 모습이 되기도 한다. 내 마음이 먼저고 내 감정이 앞서기도 한다. 엄마도 인격이기 때문에. 엄마도, 이 시대를 살아가는 평범한 한 사람이기 때문에.

엄마가 되고서도 자신의 엄마가 이해되지 않는다는 지인의 말은 그런 것 같다. 분명 같은 엄마의 신분이지만, 모성은 똑같

나만의 방법으로 엄마를 안아줄게

은 게 아니라는 것. 자신이 살면서 배우고 익힌 그 어떤 경험에 의한 학습이지, 절대적인 것은 아니라는 것. 그래서 '엄마가 이해되지 않는다'는 말은 지극히 당연한 이치일 수도 있다고.

엄마와 딸. 이 세계에서 맺어진 이름이 주는 의미 때문에 맹목적인 헌신과 희생, 무조건적인 복종으로 관계를 쌓기보다, 사랑할 것. 맹목적으로, 무조건적으로.

우리는 사랑해야만 하는, 사랑하고야 마는,
그런 관계이니까.

엄마와 딸.
맹목적인 헌신과 희생,
무조건적인 복종으로 관계를 쌓기보다,
사랑할 것. 맹목적으로, 무조건적으로.

우리는 사랑해야만 하는, 사랑하고야 마는,
그런 관계이니까.

엄마는 어떤 사람이야?

오랜만에 본 외할머니의 표정이 유난히 밝다. 무슨 좋은 일이라도 있었던 건가 싶은데. 엄마 칭찬이 이어진다.

엄마가 예쁜 겨울 점퍼를 사줬다는 이야기, 아침마다 하루도 안 빼놓고 할머니한테 전화한다는 이야기, 며칠 전에 올라와서 할머니 먹고 싶은 반찬도 잔뜩 해주고 내려갔다는 이야기. 그리고 얼마 전에는 할머니가 아프다는 소식에 바쁜 일도 제쳐놓고 한달음에 올라왔다는 이야기.

"제 엄마 위하는 건 내 딸이 최고야~. 어느 누가 날 이렇게 위해줘."

아이처럼 좋아하는 할머니를 보니 빙긋이 웃음이 나왔다.

"우리 유 여사, 그렇게 좋으셔?"

"좋지 그럼~. 너도 네 엄마한테 잘해. 엄마한텐 딸이 최고야."

엄마한테는 딸이 최고.

나는 엄마한테 어떤 딸일까. 최고의 딸일까. 할머니가 엄마를 생각하는 것처럼, 내 엄마한테도 나는 그런 딸일까. 생각만 해도 좋아서 웃음을 감출 수 없는.

곰곰이 생각해보니 역시나, 나는 최고의 딸은 아니다. 엄마가 할머니한테 들이는 지극정성만큼, 아니 그 반의반도 못 하

나만의 방법으로 엄마를 안아줄게

니까. 엄마보다 내 자신이 중요할 때가 더 많으니까.

때에 따라 용돈과 영양제를 챙기거나 불쑥 내려가 얼굴을 보여주는 서프라이즈 이벤트를 할 때도 있지만. 이런 건 어디까지나 여유가 있을 때 가능한 일들이다. 당장에 일이 바빠지고 생활에 치이다 보면 엄마를 '챙기는' 일에 소홀해지고, 잊는 게 빈번하니까. 그러면서 바쁜 나를 이해해주는 게 당연하다 생각하기도 하니까.

그러나 나 역시, 매 순간 내가 할 수 있는 최선을 다한다. 나름의 노력이 아닌, 그 상황과 환경에서 언제나 내가 뛰어들 수 있는 만큼의 마음과 의지를 보인다. 엄마에게는 부족하다 할지라도.

현재로선 이게 나의 최선이다. 최선을 다하지 않는 게 문제이지, 나의 최선이 받아들여지지 않는 게 문제는 아니라는 생각. 상대에 따라 나의 최선은 통할 때도, 그렇지 못할 때도 있는 법이니까. 그리고 엄마와 내 관계는 후자다. 나의 최선에도 엄마의 마음이 채워지지 않는 영역이 있기 때문이다.

그래서일까. 딸로서 자신이 그 엄마한테 하듯, 내 딸에게도 바라는 마음이 생기게 되는 것은. 그게 채워지지 않으면 작은 일에도 서운하고 쉽게 마음이 상하게 되는 것은.

그러나 엄마를 채워줄 수 있는 딸이 되기 위해서는, 내게도 시간이 필요하다. 엄마에 대해 알아갈 시간이 필요하다. 이런저런 과정 없이 그저 딸이니까 엄마를 다 알 거라는 것, 또는 엄마니까 딸인 나를 다 알 거라는 것은 서로에 대한 이해 부족일 뿐이다.

딸인 나한테 엄마를 알려주어야 한다. 나는 아직도 엄마에 대해 알아갈 게 너무나도 많다. 아는 것보다 모르는 게 더 많으니까.

가끔 할머니와 엄마 사이가 부럽고 질투 날 때가 있다. 엄마와 나랑 다르게 할머니와 엄마는 추억이 제법 많다. 그런데 나는 그런 기억이 별로 없다.

나는 어릴 때 몇 년간 엄마와 떨어져 있었고, 엄마와 살게 된 후부터도 정다운 모녀 생활을 할 시간 같은 건 없었다. 삶이 바쁜 엄마였고, 매일의 생계를 짊어져야 하는 엄마였고, 매일 자신을 지우고 살아야 하는 엄마였기에. 딸에게 자신을 알려줄 시간 같은 건 사치라고 생각했을지도 모른다.

그랬기에 내게는 엄마를 알아가는 시간보다는, 엄마를 이해

나만의 방법으로 엄마를 안아줄게

해야 하는 시간이 더 많았다. 지금은 엄마가 바쁘니까. 오늘은 엄마가 피곤하니까. 이런 것쯤은 내가 혼자 할 수 있어야 해. 엄마가 알면 걱정하니까…….

이해가 안 되고, 엄마의 어떤 상황을 받아들이기 힘들 때도 그랬다. 내 엄마니까, 내가 이해해야만 한다고. 내가 엄마를 받아주어야만 한다고. 그래서였을까. 엄마를 알고 싶다는 마음을 잊었던 것은. 엄마에 대한 반짝이는 마음들을 저편으로 밀어버린 것은.

그 후로 모든 것이 변했다. 엄마와 대화를 하지 않게 되었다. 엄마의 손이 필요한 영역까지도, 나는 스스로 생각하고 해결하는 사람이 되어 있었다. 그냥 엄마를 이해하려고 노력하는 딸만이 그곳에 존재했다.

그렇게, 우리의 현실은 트러블로 채우는 날이 많아졌다. 그러다 어느 날에는 소리치기도 했다.

"그냥 둬! 내가 알아서 해! 혼자서도 잘한다고!"

그어놓은 선 안으로 엄마를 들이지 않았다. 엄마를 이해하는 것에만 노력하면 된다고 생각했다. 나의 어떤 상황과 삶의 이야기들은 전하지 않아도 된다고 생각했다.

그런 날들이 점점 쌓여가고, 엄마도 나를 알 수가 없게 돼버렸다. 정확히는, 엄마에게 나를 알리지 않았다. 나를 말해주지 않았다.

이런 시간이 더 흐르고. 우리의 관계는 점점 더 어그러진 모양새가 되었다. 여느 집 엄마와 딸처럼 시시콜콜한 이야기를 주고받고, 여행을 가고, 비밀이 없고, 그런 일상을 나누는 사이. 우리는 그럴 수가 없었다.

서로를 끌어안지 못하는 책임을 상대에게만 돌리고 있었으니까. 그러니 엄마와 내가 긴 시행착오를 겪는 것도 좀 헤아려주길. 우리에게는 아직, 서로를 알아갈 시간이 필요하다.

그 때문에 나의 최선이 엄마에게 최고가 되지 못하는 날이 더 많겠지만, 엄마도 시간이 흐르면서 알게 된 것들이 있듯이, 나를 좀 기다려줬으면 좋겠다.

언젠가, 누구와 견주어도 절대 뒤지지 않는 최고의 딸이 될 거니까.

처음, 그 한계를 뛰어넘는 일

햇볕이 참 좋았던 어느 봄날, 우리 모녀는 시골집 테라스에 나란히 앉아 뽀얗게 싹을 드러내는 복숭아나무를 가만히 쳐다보고 있었다. 잔잔히 불어오는 봄바람에 기분이 못내 좋고, 꼬물꼬물 속살을 간질이는 듯한 봄날의 싱숭생숭함까지도 어쩐지 위로가 되는 그런 날이었다.

　　그렇게 말없이 한참 동안 복숭아밭을 내다보기도 하고, 눈을 지그시 감고 봄 내음을 맡기도 했다. 그러다 문득 이런 말이 툭, 튀어나왔다.

　　"내가 딸은 처음이라 그런데, 엄마는 할머니한테 어떤 딸이었어?"

　　담뱃갑에서 담배를 빼어 물던 엄마의 손이 멈칫, 갑작스러운 나의 물음에 엄마가 눈을 동그랗게 뜨고 쳐다봤다.

　　"글쎄. 생각해보면 지금이랑은 완전 딴판이었지."

　　지금이랑은 전혀 다른 모습이었다는 엄마. 이따금 우악스러워지는 딸의 모습을 물끄러미 보던 할머니가 이런 말을 했었다. 네 엄마가 정말 많이 변했다고. 말 잘 듣고 순하디순한 딸이었는데.

나 역시 그랬다. 내 기억에 없는 유아기 때의 나는, "차도는 위험하니까 꼭 인도로 다녀야 한다"라고 주의를 주면 꼭 그 길로만 다녔다고 했다. 풀어놓으면 어디로 튈지 모르는 대여섯 살 때의 나는 그런 아이였다고 했다. 순하고 말 잘 듣는 아이. 그랬던 나도, 내 엄마가 그랬던 것처럼 참 많이도 변해버렸다.

세월이 그렇고, 주어진 환경이 그렇고, 만나온 관계들이 그렇고. 이런 시간 속에서 본연의 나는 어디론가 사라지고 낯선 것들로 하나둘 채워져 본래의 모습을 상실했을지도 모를 일이었다. 나로서의 모습도, 딸로서의 모습도, 엄마로서의 모습도.

우리는 그런 시간 속에서 서로를 향한 원망과 분노를 뿜어내었고, 서로를 끌어안을 수 없음에 애달파하기도 했고, 그러다 어느 순간에는 모든 걸 포기하고 놓아버리고 싶은 경험들도 숱하게 했다.

엄마도, 나도 이런 관계 속에서 우리에게 필요한 건 그랬다. 서로의 한계를 뛰어넘어야 하는 일. 그러나 이것은 자신을 내려놓지 않고는 안 되는 일이다.

그렇다고 희생이 요구되는 영역은 아니다. 희생이나 자기 헌신이 아닌, 한계를 넘는다는 건 상대의 마음을 안아주는 것이 아닐까. '상대의 마음을 안아준다'는 것 역시 단순히 공감의 차원은 아닐 것이다. 그 아픔까지 오롯이 껴안아 내 마음을 내어주는 것이기에.

한두 번쯤 내 마음을 내어준다는 건 괜찮을지도 모른다. 그러나 이런 일에 기약도 없고, 어쩌면 평생 반복되는 연속의 시간이라는 생각이 드는 순간, 참 지난하고 지긋하게 느껴질 것이다. 엄마와 내가 모녀로 산다는 건 이런 의미가 아닐까.

한계를 넘어가는 과정에 서 있는 우리. 그 과정에서 하나하나 포기도 하고, 이해도 하고, 상대의 상처도 제대로 바라봐주며. 그러다 각자의 욕심과 바람이 더 커져 상처를 주기도 하면서. 그러다 문득, 왠지 모르게 내가 마음 다쳤던 일이 더 많았다는 생각에 울컥. 이런 마음이 드는 것도 자기 손톱 밑의 가시가 제일 아프게 느껴지기 때문이니까.

"엄마도 딸일 때는 실수도 하고 그랬잖아? 할머니가 엄마를 봐줬던 것처럼 엄마도 엄마 딸을 좀 너그럽게 봐줄 순 없어?"

그러자 엄마가 코웃음 치며 말했다. 지금도 충분히 너그럽

　　　　　　　　　나만의 방법으로 엄마를 안아줄게

게 봐주고 있는 거라면서. 아무리 내 자식이지만 말 안 듣고 미운 짓만 골라 할 때는, 내다 버리고 싶은 적이 한두 번이 아니었다고.

그건 나도 마찬가지였다. 엄마와 트러블이 크게 생길 때면 부모, 자식의 인연을 끊어버리고 싶었던 때가 여러 번 있었으니까.

그러다 생각났다. 어떤 드라마의 "정말 내다 버릴 수만 있다면 버리고 싶은 게 가족이다"라는 대사가.

우리는 모두가 처음이다. 딸도 처음이고, 엄마도 처음이고, 인생이라는 엄청난 여정을 걷는 것도 처음이고. 그 처음에는 시행착오도 있고, 넘어지거나 쓰러질 때도 있고, 또 포기하고 싶은 순간들도 있다. 사실 이 처음의 삶은 너무나 기쁘고 행복한 이야기들보단 처절하고 고통스러운, '살아지'는 것이 아니라 '살아내'야만 하는 시간이 더 많다.

그렇기에 이 처음을 살아가는 우리는 서로를 격려하고 응원해야 마땅하지 않을까. 우리는 모두가 처음이기에.

여름이 짙어지던 어느 날, 엄마와 나는 우리의 또 하나의 처음을 '처음으로' 내디뎠다. 지금까지 해보지 못했던 엄마와 딸의 첫 쇼핑. 호피 무늬 바지가 예쁘네, 푸른색 프린팅이 들어간 바지가 잘 어울리네 하며 몸뻬 바지도 함께 고르고. 대형 마트에 가서 엄마의 속옷도 직접 골라주고. 길거리에서 파는 싸구려 신발도 이게 낫네, 저게 낫네 하며 챙겨주고. 그렇게 두 손 가득 쇼핑 보따리를 들고 집으로 들어가는 길이 어쩌면 그리도 행복했을까.

그런데 이건 비단 나만 그랬던 게 아닌가 보다.

"우리 딸이랑 처음이네. 딸이 있다는 건, 진짜 이런 게 좋은 거구나."

엄마의 말에 코끝이 아려왔다. 이런 날을 딸인 나만 기다렸다고 생각했는데, 엄마 역시 너무나도 기다렸던 시간이라는 걸 알게 됐으니까.

그간 방송하네, 글 좀 쓰네 하며 엄마를 외면했던 나의 날들이 떠올랐다. 그럴 때마다 엄마는 딸과 하고 싶은 그 모든 것들을 꾸욱 눌러 삼키며 티도 내지 못했을 것이다. 늘 바쁘기만 한 딸에게 이거 하자, 저거 하자 할 수가 없었을 테니까. 365일 중 단 1시간도 엄마에게 내주지 못했던 것이 한없이 미안해졌

나만의 방법으로 엄마를 안아줄게

다. 뭐 그리 바쁜 일이 많아 단 1시간짜리 쇼핑도 엄마와 함께 해 주지 못했던 걸까.

처음인 엄마와 처음인 딸은 2019년 6월 29일 토요일에 첫 쇼핑을 했고, 앞으로 첫 여행도 준비돼 있다. 그 '처음'에 아름다운 이야기들이 덧대지고 입혀져서 이 세상 끝 날까지 간직되길. 앞으로 또 걸어가야 할, 남아 있는 모든 처음의 여정을 살아가며 힘겨운 순간이 찾아올 때면 이날이 기억되길. 그래서 다시 한번 살아보자고, 꿋꿋하고 씩씩하게 마음을 다잡을 수 있게 되길.

처음, 그 한계를 뛰어넘는 일.
엄마를 더 알아가는 일.
내 안의 나를 더 바라보는 일.
지나온 처음도, 지금의 처음도, 다가올 처음도.
그 모든 '우리의 처음'을 매일매일 지치지 않고 사랑하는 일.

우리는 모두가 처음이다.
딸도 처음이고, 엄마도 처음이고,
인생이라는 엄청난 여정을 걷는 것도 처음이고.
그렇기에 이 처음을 살아가는 우리는
서로를 격려하고 응원해야 마땅하지 않을까.

우리는 모두가 처음이기에.

울어도 괜찮아

울어도 괜찮아

남자 친구와 헤어지고 눈물, 콧물 바람을 불어대는 친구와 마주 앉은 지 1시간이 지나고 있었다.

　나한테 어떻게 이럴 수가 있냐면서. 내가 저한테 얼마나 잘했는데, 진짜 세상에 이렇게 나쁜 놈이 없다고. 나랑 헤어진 거 평생 두고두고 후회했으면 좋겠다고. 씩씩대며 푸르르 분을 풀어내다가. 그건 아니지, 그래도 내가 사랑했던 사람인데. 나랑 헤어져도 정말 잘 살았으면 좋겠다며 축복인지 한탄인지 모를 소리를 늘어놓다가.

　뭐가 어디서부터 잘못된 건지 모르겠다면서, 얼마 전 자신이 별것도 아닌 걸로 짜증을 내서 남자 친구가 변심을 한 건가? 한 달 전쯤에 크게 싸우고 열받아서 한 이틀 잠수 탄 적이 있었는데 그 탓인가? 우리 집에 올 때마다 이거 해라, 저거 해라 잔소리를 늘어놔서 그런가? 거의 학대 수준에 다다른 자아공격을 해대다가.

　1시간 내내 나는 친구의 모노드라마를 그저 가만히 지켜보았다. 아무 말도 하지 않고. 잠시 멎었던 눈물이 또 어느샌가 줄줄 흐르기 시작하면, "그래, 울어라 울어. 실컷 울어"라고 한마디 할 뿐이었다.

　　　　　　　　　나만의 방법으로 엄마를 안아줄게

서너 시간쯤 한풀이를 해댄 친구와 헤어진 후, 돌아가는 버스 안에서 차분하게 떨어지는 빗방울을 멍하니 보고 있는데, 엄마에게서 전화가 걸려왔다.

"……."

"엄마?"

혹시 전화가 끊겼나 싶어, 핸드폰 화면을 확인했다. 끊어진 건 아니었는데, 엄마는 말이 없었다.

"엄마, 혹시 울어?"

흐흑. 서러운 듯 토해내는 엄마의 울음소리. 몇 분쯤 잠자코 엄마의 울음을 그저 듣고 있자니, 먹먹한 소리가 잦아들었다.

"다 울었어?"

"아……니."

"왜 그러는데. 무슨 일 있어?"

무슨 일 있느냐는 물음에 엄마가 다시 울음을 터뜨렸다.

"엄마. 울지 말고. 울지 좀 말고 말해."

울지 좀 말란 말에, 엄마는 그대로 전화를 끊어버렸다. 꺼멓게 꺼진 핸드폰 화면을 내려다보고 있자니 얕은 한숨이 비어져 나왔다.

뭔지 알아야 달래주든 같이 누군가를 싸잡아 욕해주든 할 게 아닌가. 울지 말란 거지, 대단히 귀찮다는 게 아니었는데. 이렇게 전화를 끊을 일인가 싶어 입안이 껄끄럽게 쓰고 속이 욱신거렸다. 이래저래 답답한 마음을 잠시 미루며, 터지기 직전의 속 더미를 간신히 꾹꾹 어딘가로 욱여넣고 엄마한테 다시 전화를 걸었다. 그러나 엄마는 그날 밤이 깊도록 내 전화를 받지 않았다.

다음 날 노트북 앞에 앉아 글 작업을 하다가도, 청소를 하다가도, 빨래를 널다가도 간간이 핸드폰을 확인했지만, 엄마에게서는 끝끝내 다시 전화가 걸려오지 않았다. 재게 놀리던 손을 멈추고, 책상 위에 얌전히 놓인 핸드폰을 집어 들었다. 다시 걸어, 말아……. 잠시 고민하다 핸드폰을 내려놓고 머리를 흔드는데, 어제 만났던 친구에게서 메시지가 왔다.

네 말대로 실컷 울고 났더니 좀 개운해졌어. 고맙다. 그리고 진
상 떨어서 미안.

피식. 웃으며 핸드폰 화면을 닫는데, 문득 전날 엄마에게 했

던 행동이 생각났다. 아뿔싸. 그런 거였다. 엄마에게도, 그 말이 필요했다.

울어. 울어도 돼. 실컷 울어. 괜찮아.

우리 엄마는 눈물이 참 많다. 그리고 그런 엄마에게 내가 늘했던 말은 그랬다. 울지 좀 말라고. 그만 좀 울라고. 아직도 흘릴 눈물이 그렇게나 많이 남은 거냐고. 단 한 번도 속 시원히 털어놓고 울어도 된다는 말을 해준 적이 없었다.

슬픔도 아픔도 고통도, 그래서 그에 동반되는 눈물도 아주 당연한 감정일진대. 도대체. 어째서. 왜. 나는 그리도 엄마의 눈물을 부정하려고만 했던 걸까.

꾹꾹 눌러 담은 슬픔은 독이 된다는 걸. 그래서 결국은 그 독소가 엄마의 가정 전체로 퍼져 모두가 아프게 된다는 걸. 엄마 안에 짙게 배어든, 슬픔이라는 악성종양 같은 못된 세포들이 눈물이라는 매개체로 치유가 된다는 걸.

'흐흑'이란 두 음절로 내는 울음소리와 말보다 먼저 '줄줄' 흐르는 눈물의 하모니로 결국은 엄마가 회복이 된다는 걸.

그런 것들이 엄마에게 제일 필요하다는 사실을 나는 모르고 있었던 것이다. 모두에게 통용되는 슬픔을 표현하는 '우는' 행위가 엄마에게만은 해당하지 않는다는 듯이.

그래서였을까. 나는 잘 안 울어. 우는 건 정말 싫어. 눈물 흘리는 거 진짜 못 참겠어라는, 내가 울지 않는 것에 대한 핑계조차도 엄마였다.

알고 보면 그저 누군가에게 약점 잡히기 싫고 지기 싫고 스스로가 나약하게 비칠까 봐, 그래서 눈물 같은 건 들키고 싶지 않았기에 선택했을 뿐인데. 그조차도, 그 모든 탓을 엄마라고 콕 집어놓고 있었다.

누군가에게 잘만 읊던, "울어도 괜찮아"는 어쩌면 엄마와 내게 제일 많이 필요한 말이 아닐까.

아파도 울지 않고, 슬퍼도 참아내는 내게. 아파서 울고 슬퍼서 울지만, 이 눈치 저 눈치 때문에 정작 제대로 대차게 울음소리 한 번을 못 내는 내 엄마에게.

이제 마음껏 울어도 괜찮다고. 수많은 눈물을 삼키느라 녹슨 엄마의 가슴이 더 이상 삐그덕삐그덕 소리를 내지 않도록.

엄마도, 나도, 이제부터는 잘 울자.

더 잘 웃기 위해서라도.

더 잘 비워내기 위해서라도.

그리고 그 무엇보다,

우리를 위해서.

아파도 울지 않고, 슬퍼도 참아내는 내게.
아파서 울고 슬퍼서 울지만,
이 눈치 저 눈치 때문에
정작 제대로 대차게 울음소리
한 번을 못 내는 내 엄마에게.

엄마도, 나도, 이제부터는 잘 울자.
더 잘 웃기 위해서라도.
더 잘 비워내기 위해서라도.

그리고 그 무엇보다,
우리를 위해서.

사랑할 줄을 몰라서

"천만금도, 억만금도 필요 없어. 그냥 내 마음 한 번 알아주는 게 최고지."

　　"그럼 내가 억만금을 벌었을 때, 엄마 하나도 안 줘도 안 섭섭하지?"

　　찌릿. 엄마의 표정이 사나워진다. 너는 말을 해도 꼭 그런다면서. 엄마의 말뜻이 그런 게 아닌 걸 알면서도 긁는 거냐고.

　　엄마의 마음을 알아주는 일. 어떻게 해도 모르겠는, 내내 고개를 갸웃하게 만드는 것만 수두룩한데. 억만금을 주어도 자신의 마음 한 번 알아주는 게 더 좋다는 엄마가 이토록 어렵게 느껴지는 일이라니. 세상 그 어떤 어려운 문제보다 더 난해하고 복잡하게 여겨졌다.

　　어릴 땐 그저 엄마 속 안 썩이고 사고 치지 않으면, 그게 엄마를 사랑하는 건 줄 알았다. 대학을 다닐 무렵에는 어렵다, 힘들다 소리 안 하고 묵묵하게, 성인답게 내 할 일 똑 부러지게 하면 엄마를 사랑하는 건 줄 알았다. 사회생활을 할 때는 때마다 용돈 잘 챙기고 각종 기념일을 잘 기억하면 엄마를 사랑하는 건 줄 알았다. 그리고 여전히, 나는 그렇다. 마음이 아닌, 나의 그 어떤 '행위'들로 엄마의 마음을 채우려 한다는 걸.

"엄마가 나한테 제일 바라는 게 뭐야?"

"없어. 뭘 바라."

"진짜 없어?"

"아! 한 가지 있다."

"뭔데?"

평소에 엄마한테 좀 살가운 딸이 되어달라는 것. 다른 사람한테는 곰살맞게 잘도 하는 것 같은데, 어찌 보면 엄마한테만 안 그런 것 같다고.

생각해보니 정말 그랬다. 엄마한테는 그런 게 없었다. 살갑고 곰살맞은 게. 엄마가 같은 말을 몇 번쯤 반복할 때면, "엄마 지금 그 소리 다섯 번은 들은 거 같아" 하며 지겨운 듯 눈을 내리깔거나. 엄마가 술 한잔하고 전화하는 날이면 "술 취했어?" 하며 몹시 주사나 하는 사람으로 몰아가거나. 어떤 날 속이 상해 눈물을 흘리는 엄마에게 "엄마 또 울어?" 하고는 조용히 얇은 한숨을 내쉬거나.

그저 엄마를 좀 사랑해달라는 말이었는데.

시골집에 내려가서도 마찬가지였다. 오랜만에 온 딸내미에게 이것저것 챙겨주고 싶은 엄마의 마음을 거절하기에 바빴다.

이거 해줄까, 저거 해줄까 신이 나서 묻는 엄마에게 "그걸 언제 다 먹어. 가져가 봐야 못 먹고 버리는 게 더 많아"란 말로 마음을 꺾었다. 이거 더 가져가라, 저거 더 가져가라 하며 바리바리 싸줄 때도 "그만 싸. 이걸 다 가지고 어떻게 올라가" 하는 말로 멈칫, 엄마의 손을 민망하게 만들었다. 우리 딸애를, 엄마가 이만큼 사랑한다는 마음이었는데.

나는 정말 엄마를 사랑할 줄 몰랐다. 엄마가 수많은 자신의 마음들을 내놓아도 정작 받아주고 알아주는 법을 모르는 딸이었다.

엄마가 행복했으면 좋겠다고, 엄마를 기쁘게 해주고 싶다고, 말로는 참 많이도 했다. 여전히 마음은 쏙 빼놓은 채로. 그게 엄마를 슬프게 하는 줄도 모르고. 마음 없는 말에 엄마가 외로운 줄도 모르고.

그러고서도 나는 그랬다. 이만하면 엄마한테 마음 표현 잘하는 딸이라고. 엄마를 전혀 사랑할 줄 모르는 건지도 모르고.

그래서일까. 엄마는 내게 끊임없이 사랑을 전한다. 사랑을 1원어치도 모르는 딸에게 엄마만의 방법으로 포기하지 않고 사랑을 가르쳐준다. 도닥도닥 엉덩이를 두들겨주는 손길로. 나를 보며 활짝 머금은 미소로. "해주야" 애정 담뿍 묻어나는 목소리로. 엄마를 사랑할 줄 모르는 내게, 엄마의 사랑은 그랬다. 끝까지의 사랑.

누군가를 사랑할 수 있는 마음은 처음부터 내 것이 아니었다. 다른 누군가를 품을 수 있는 마음도 그랬다. 다 엄마에게서 온 것이었다.

내 삶에 당연한 건 단 하나도 없다는 걸. 모든 것이 엄마에게서 비롯되었다는 걸. 나라는 존재는 스스로는 절대로 사랑을 익힐 수도, 할 수도 없다는 걸. 엄마가 있어서 가능했던 모든 것들. 엄마가 아니고서는 아무것도 아니게 되는 그 모든 것들. 엄마는 내가 나로 살 수 있게 하는 마음의 원천이라는 걸.

그럼에도 여전히 엄마만은 잘 사랑하지 못하는 것 같아 마음 한구석이 삐쭉거린다. 참 희한한 일이다. 그래서 내 나름대로의 방법을 또 찾아서 더듬더듬. 고민 끝에 생각해낸 것 몇 가지를 담담하게 적어본다.

[엄마를 위한 베스트]

1. 하루에 한 번 전화해서 목소리 듣기.

2. 사랑한다고 자주 말해주기.

3. 엄마가 무언가 챙겨줄 때 '절대' 거절하지 말기.

4. 엄마가 하는 말은 '고분고분' 잘 들어주기.

그리고 마지막으로

오늘도 여전히 많이 부족하지만

그럼에도 진심 100퍼센트, 순도 100퍼센트의 마음으로,

투박하게나마 엄마의 마음을 더 많이 끌어안아 주기.

나만의 방법으로 엄마를 안아줄게

나는 정말 엄마를 사랑할 줄 몰랐다.
엄마가 행복했으면 좋겠다고,
엄마를 기쁘게 해주고 싶다고,
말로는 참 많이도 했다.
여전히 마음은 쏙 빼놓은 채로.

그게 엄마를 슬프게 하는 줄도 모르고.
마음 없는 말에 엄마가 외로운 줄도 모르고.

엄마의 마음에 대못을 박는다는 건

"누나도 똑같아, 엄마랑."

술기운이 슬쩍 올라온 남동생이 비아냥거렸다.

사건의 전말은 이랬다. 때는 얼마 전 설 연휴. 언제나처럼 이놈의 '명절 연휴'가 문제였다. 마치 이 시기에 꼭 거쳐야 하는 연례행사 같으니까.

아무튼 이번 연휴 문제는, 남동생이 그간 쌓였던 노폐물 같은 감정을 토하면서 시작됐다. 밥상머리에서 엄마랑 몇 마디 오간 것이 화근이 됐던 것이다.

언젠가부터 남동생은 속에 뭔가가 쌓여도 잘 티를 내지 않기 시작하더니 혼자서 삭이는 날이 많아졌다. 장남의 숙명, 그런 것이었는지도. 그러다 그날, 마침내 펑 하고 터진 것이다. 가만히 듣고 있자니 저도 어지간히 쌓였던 모양이었다. 문제는 거기서 그치지 않았다. 식구끼리 그간 서운하고 쌓였던 감정을 말 못 할 것도 아니니까. 문제는 남동생 마음속에 들어앉아 있던 엄마에 대한 서운함이 급기야 엄마를 공격하는 말로 나오면서부터였다.

"알아? 엄마 진짜 이기적인 거."

바늘같이 뾰족이 날 선 말에 엄마가 울기 시작했다. 지금 멈추지 않으면 정말 돌이킬 수 없는 상황이 벌어질 것만 같았다. 중재에 나서려는데, 옆에서 폭탄 하나가 더 터졌다. 제 형의 말에 막내까지 합세한 것이었다. 듣자 하니 막내도 얼마 전에 엄마와 약간의 트러블이 있었던 모양이었다. 날을 잡아도 단단히 잡은 것 같은 두 동생 때문에 한숨이 절로 터졌다. 다 큰 놈들 성화에 아빠는 속이 탔는지 말없이 소주만 들이켰다.

"그만들 하지? 여기 지금 니들만 있냐? 뭐 하자는 짓이야?"

아빠가 일어나 폭풍 눈물을 흘리는 엄마를 데리고 거실로 갔다. 그리고 삼남매의 2차전이 시작됐다. 남동생들의 속상한 마음도 이해가 됐던 터라 달래주려는데, 아직 마음이 가라앉지 않은 큰동생이 내게 퍼붓기 시작한 것.

"아무리 그래도 둘 다 엄마한테 그러는 건 아니지. 말이 좀 심한 거 아니냐?"

"누나가 뭘 아냐?"

"너 진짜 아무 말도 안 듣고 이럴 거야? 네 맘대로 해! 그럼. 가족이 뭐 필요 있어?"

앞에 있는 소주잔을 입에 털어 넣은 큰동생이 슬쩍 조소 섞

나만의 방법으로 엄마를 안아줄게

인 목소리로 말했다.

"누나도 똑같아, 엄마랑."

순간 감정이 훅 올라오는데, 거실에서 그 말을 들은 엄마가 분노로 일그러진 얼굴로 성큼성큼 다가왔다.

"너는 내가 안 낳았어? 네 누나가 날 닮은 게 뭐? 그게 잘못 됐어? 잘났든 못났든, 나 네 엄마야. 알아?"

이렇게 3차전으로 이어진 갈등은 최고조에 달했고, 둘을 달 래던 나는 결국 터져버렸다.

"둘 다 그만들 좀 해! 제발!"

그렇게 상황 종료.

다음 날 남동생과 올라오는 차 안. 운전을 하며 조수석에 앉 은 남동생을 흘깃 보니, 여전히 마음이 풀리지 않은 듯했다.

"내가 살면서 후회라는 걸 잘 안 하는 사람이거든? 근데 나 한테도 몇몇 후회의 순간이 있어. 그중 하나가 엄마랑 싸울 때 마다 엄마 마음에 대못 박는 말들을 쏟아냈던 거야."

그런 지난날의 내가 떠올라 눈물이 왈칵 올라오고 목이 메 기 시작했다. 이런 내 모습을 보고 동생이 조용히 동요하기 시 작했다.

"너 지금은 후회 안 할 거 같지? 그런데 아니야. 그게 엄마도 상처지만, 지나고 나면 내가 나한테 주는 상처가 되더라."

동생은 착잡한 얼굴을 한 채 창밖으로 시선을 돌렸다.

누나도 엄마랑 똑같다는 말이 주는 의미. 엄마가 이 말에 발끈해서 화가 났던 이유를 알 것도 같다. 혹시나 내 딸이, 스스로도 정말 싫어하는 자신의 모습을 닮을까 우려되는 마음. 그 모습이 다른 누군가에게 밉게 보일지도 몰라 숨기고 싶었을지도 모른다.

내 엄마뿐 아니라 누구나 자기 자신의 싫은 모습이 있다. 그런데 이걸 내 자식이 똑같이 할 때, 가장 들키고 싶지 않은 치부를 들킨 것 같았던 게 아니었을까.

그러나 엄마가 이런 일 때문에 마음 상하지 않길 바란다. 엄마가 말했으니까. 잘났든 못났든 엄마는 내 엄마라고. 그걸로 충분하다. 내가 엄마를 사랑하기에.

이것만이 내가 엄마 편이 되어줄 유일한 방법이니까.

나만의 방법으로 엄마를 안아줄게

뜨겁게 아프고 시리도록 타는 마음

TV 채널을 이리저리, 무료함을 달래려 돌려보다가 툭, 시선을 고정하게 만든 프로그램 하나.

"아빠는 나보다 돼지 밥 주는 거, 밭에 심은 채소가 더 중요하지?"

앙칼진 여자애의 음성. 이제 열 살쯤 되었을까. 쪼끄만 여자애가 자신의 아빠에게 놀이동산에 놀러 가자고 졸라대는 대목이었다. 하지만 한창 농번기에 일손도 모자라는 지경이라 아이의 아버지는 딸애의 요청을 단박에 거절할 수밖에 없었던 것.

동네의 다른 아이들은 여름방학이라고 아빠랑 기차를 타네, 엄마랑 바닷가를 가네 하는데. 아이는 자신만 그러지 못하는 것에 서운함과 속상함을 넘어 억울함까지 밀려드는 모양이었다.

그러고 보니, 내게도 비슷한 상황이 있었던 게 떠올랐다.

몇 년 전 큰동생에게 우환이 있었다. 그리고 그해는, 내게 하루가 천년 같은 참 힘든 시절이었다.

큰동생에게 엄청난 일이 있다는 소식을 접했음에도, 아빠와 엄마는 서울로 올라올 수가 없었다. 과실 수확 철이었으므로.

나만의 방법으로 엄마를 안아줄게

지금 수확 시기를 놓친다면 한 해 동안 땀과 수고로 꾸려온 농사일을 망치게 되기에, 모든 일을 중지하기에는 감당해야 할 손실이 너무나도 컸다. 때문에 큰동생 일로 일손을 다 놓고 두 부부가 서울로 발걸음을 한다는 게 결코 쉬운 일이 아니었다. 갈등도 아닌, 그렇다고 한탄도 아닌, 지금 벌어진 상황과 이런 타이밍이 못내 원망스럽다는 듯, 핸드폰 너머로 들리는 엄마의 목소리는 이러지도 저러지도 못한 채 허공 속에 굴러다녔다.

"하필…… 하필…… 왜 이런 때에, 왜 지금이야……."

엄마가 울먹이는 목소리로 말했다.

하필이라고.

"그래서, 못 온다고? 엄마! 지금 ○○이 다 죽어간다고! 농사랑 자식이랑 갈등할 때야? 애 죽어도 엄마 그렇게 농사만 끼고 있을 거냐고!"

어처구니가 없었다. 그깟 농사가 뭐라고. 자식이 다 죽어가는 마당에 대체 농사일이 무슨 대수냐고. 자식 죽고 난 후에도 농사 때문에 장례 못 치른다는 말 따위를 할 거냐고, 가던 걸음을 멈추고 길거리에서 고래고래 소리를 지르며 주저앉아 엉엉 통곡했다. 핸드폰 속 엄마도 마침내 울음을 터뜨리며 말했다.

"그럼, 다 같이 죽어?! 농사도 망치고, 온 식구가 그 일에만 매달려서 손가락만 빨고 있어? 몸은 하나고, 대체 내가 어째야 하니…… 응?"

엄마의 말이 하나도 들리지 않았다. 그때 내 머릿속은 그랬다. 온 가족이 손가락을 빨며 굶어 죽는 한이 있더라도 와야지, 엄마인데. 아무렴 농사가 어떻게 자식보다 먼저일 수가 있어? 그러나 엄마는 끝끝내 서울로 올라오지 '못'했다.

그 후로 시간이 얼마쯤 지났을까. 속 깊은 곳에 엄마에 대한 서운함과 이런저런 감정이 짙어져, 한기 도는 마음을 감추고 데면데면 지낸 시간이.

언젠가 시골집에 내려갔을 때였다. 동네 아줌마의 입을 통해, 그 사건이 있던 해에 엄마가 어떻게 지냈는지 듣게 되었다.

엄마는 곡기도 넣지 못한 채 발만 동동 구르며 시시때때로 주저앉아 울기만 했다고 한다. 과수원에서 과실을 따면서 엉엉, 담배를 피우며 엉엉, 쓰린 속을 소주로 달래며 엉엉. 그렇게 울다 곧 죽을 사람처럼. 엄마의 얼굴에는 눈물 자국만이

나만의 방법으로 엄마를 안아줄게

깊게 패었다고.

엄마의 마음은 그랬을 거다. 꺼멓게 타들어 간 게 아니라 퍼렇게 녹아버렸을 것이다. 온 장기가 다 녹아내려 휘청이고 있을 터였다.

내 새끼가 다 죽어간다는데 한달음에 달려가지도 못하게하는, '하필 이때가' 한탄스럽기만 해서. 이래도 죽을 것만 같고 저래도 죽을 것만 같아서. 애가 끓다 못해 창자가 끊어지는 듯한 고통 속의 하루하루. 나는 상상할 수조차 없는 그런 것. 그런 엄마의 마음. 매일 원망만 짙어져 가는 나의 마음과 달리, 죄책감으로 얼룩지고 있었을 엄마의 마음.

그래서였을까. 엄마는 그때의 일로 마음 내놓고 편하게 한 번 울지도 못했다. 그때의 엄마는 어떤 마음으로 그날들을, 그 시간들을 버텨내었던 걸까. 연약한 몸이 바스러져 사그라질 때까지 엄마의 가슴은 그렇게 울고 있던 거였다.

'하필'이라는 말속에 담긴 엄마의 무수한 마음들. 식도를 타고 넘어오는 쓴 물을 간신히 삼키고 뱉어내었을 한마디가 그랬던 것이다.

하필, (내 자식한테 왜 이런 나쁜 일이)

하필, (나 같은 엄마라서 도와주지도 못하고)

하필, (농사 같은 걸 짓게 되어서)

하필이면. 왜.

정해진 답도 없고, 그 물음 끝에 찾은 것이 그랬다.

하필.

엄마에게는 그날의 기억들이 아직도 상처일까. 그날에 멈춰진 엄마의 마음을 가만히 들여다보면, 맴맴 울부짖는 것들이 생긴다. 엄마의 속이 타들어 가는 것도 모르고 원망만 해서 미안하다고. 그 누구보다 애간장이 녹아들어 갔을 엄마는 생각도 못 해줘서 미안하다고. 엄마의 잘못이 아니라고. 엄마가 잘못한 게 아니라고. 그런 엄마를 모질게 견디도록 내버려 둬서 정말정말 미안하다고.

그러니까 엄마, 죄책감 갖거나 자식들 눈치 보지 말라고.

그때의 엄마는, 엄마로서 최선을 다해줬던 거니까.

　　　　　　　나만의 방법으로 엄마를 안아줄게

3 ●●●●●●●●●

한국에서 딸로 살아간다는 것

나는 K-장녀다

"언니! K-장녀 알아요?"

전에 같은 사무실에서 근무했던 디자이너와 근황을 주고받던 중 받은 질문이다. K-장녀? 의아해서 되물었더니, 그녀의 설명이 이어졌다.

장남이 있음에도 집안의 대소사를 책임지는 사람. 집에 무슨 일만 있으면 부모들이 첫 번째로 찾는 사람. 엄마의 무리한 부탁에 못 한다고 엄포를 놓았다가도 10분쯤 후에는 마음이 약해져서 그 원하는 바를 들어주는 사람. 그러나 그러고도 뒷말을 듣거나 안 좋은 소리를 들을 때가 있는 사람.

"엄마들은 이런 부분을 잘 이용하는 거 같아요."

그녀의 말에, '웃기면서 슬픈 현실'이란 표현을 절로 실감했다.

K-장녀는 코리안 장녀를 뜻한다. 그리고 나 역시 K-장녀다. 집안의 대소사를 아빠, 엄마 다음으로 맡아서 하는 사람. 가족에게 무슨 일이 있으면 제일 먼저 연락을 받는 사람. 이따금 엄마의 무리한 부탁도 마음이 약해져서 금방 들어주는 사람. 그러고도 좋은 소리는 잘 못 듣는 사람.

내 인생을 찬찬히 돌아보니 나는 지금껏 참 많은 긴장 속에

한국에서 딸로 살아간다는 것

살았다는 생각이 문득 든다.

엄마의 이혼 후, 나와 남동생은 외할머니 밑에서 자랐다. 지금이야 이혼이라는 게 사람들 인식에 일정 부분 보편화됐지만, 엄마가 이혼을 하던 때만 해도 흔치 않은 일이었다. 그러다 보니 자연히 주변에서 나를 바라보는 시선에도 어느 정도 색안경이 끼워졌다. 그런 시선에 쓸리고 베이고.

할머니는 이런 우리 남매가 세상 사람들에게 손가락질받거나 눈총을 받지 않도록 몇 가지 당부를 잊지 않으셨다. 할머니 밑에서 커서 애들이 저렇게 못쓰게 자랐다는 말 안 듣게 어른 보면 인사 잘해라. 누구와 대화를 할 때는 말을 많이 하지 말고 많이 들어라, 말을 많이 하면 사람이 실수를 하는 법이니까. 그리고 꼭 해야 할 말도 세 번 이상 생각하고 해라, 말이란 것은 물과 같아서 쏟으면 절대 주워 담을 수 없으니까. 마지막으로, 누군가 네게 밥을 두 번 사면 너도 한 번은 꼭 사야 한다. 인간관계라는 게 주고받는 정이 오가야 인연이 오래도록 지속되는 거라고.

할머니 말을 마음에 새기고 머리에 새기고, 부단히 노력했다. 아니, 죽도록 노력했다. 부모 밑에서 자란 애들보다 더 잘 자랐다고 인정받기 위해서. 그리고 남동생에게도 귀에 딱지가 앉도록 자주 반복해서 말을 해주었다. 잊지 않도록.

나 하나 챙기기도 힘들었던 어린 나이에, 남동생까지 챙기면서 실수하지 않게 하려고 잔뜩 옹송그리고 산 시간들. 이런 시간들은 자연스레 책임감이라는 세 글자를 심장에 강하게 심어주었다. 책임감은 타인이 요구하기도 하지만, 어쩔 땐 내 식구에게 더 날카롭게 강요당하기도 한다. 네가 누나니까 참아야지, 네가 더 큰데 동생이랑 똑같으면 어떻게 하냐, 엄마가 없을 땐 네가 엄마 대신이다 같은.

이런 시간이 흐르다 보면 책임감은 점점 가중된다. 나중에는 장해주도 없고 딸도 없고, 맏이로서의 한 여자애만 집안에 덩그러니 놓여 있게 된다.

책임감이 요구되고, 그 책임을 다하기 위해 죽을 만큼 애를 썼다. 어떤 날에는 내가 굳이 하지 않아도 될 일임을 알면서도, 그걸 하지 않으면 안 될 것만 같은 죄책감 때문에 책임 의식을 스스로 만들기도 하면서.

맏이의 무게. 그렇다. 어쩌면 내가 나 스스로를 묶어 감당할 수 없는 높은 장벽 안에 가둔 채, 그걸 뛰어넘으려 안간힘을

한국에서 딸로 살아간다는 것

쓰는 걸지도. 그러다 보니 사는 게 지치고 고단하고. 나이를 먹을수록 내가 만들어낸 맏이로서의 역할은 점점 무거워지는데 나는 그걸 감당할 만큼 큰사람은 아니라는 생각에, 한동안 자괴감과 박탈감이 몰려오기도 하고.

이쯤에 도달하면 나는 눈을 그냥 질끈 감아버린다. 나 혼자서는 결국 아무것도 할 수 없다는 걸 알게 되는 순간이므로.

그래서 말입니다만 아버님, 어머님.

오늘만큼은 지금껏 맏이로서 고생한 이 딸이 딱 한 말씀만 올리겠습니다.

가끔은 잘 키운 두 아드님도 좀 써먹어 주신다면, 정말정말 너무너무 아주아주 매우매우 감사하겠지 말입니다.

두 손 모아 간절히. 제발.

K-장녀는 코리안 장녀를 뜻한다.
집안의 대소사를 아빠, 엄마 다음으로
맡아서 하는 사람.
가족에게 무슨 일이 있으면
제일 먼저 연락을 받는 사람.
이따금 엄마의 무리한 부탁도
마음이 약해져서 금방 들어주는 사람.
그러고도 좋은 소리는 잘 못 듣는 사람.

나름의 사랑법

2021년 1월 20일 목요일. 비 내리는 오후.

요즘은 집에서 보내는 시간이 많다. 그러다 보니 밀린 드라마며, 예능 프로그램이며, 영상을 보는 시간이 늘어가는 하루하루다. 일 때문에도 보고, 심심해서도 보고, 원고가 안 풀려답답할 때도 보고. 그렇게 보고, 또 보다가 가족 휴먼 드라마를 정주행하기 시작했다.

이 드라마에서 인상 깊게 본 인물은 큰딸 은주. 겉으로는차갑고 냉소적으로 보이지만 누구보다 속정 깊은 캐릭터. 표현하는 것보다 지나가는 표정 하나, 툭 던지는 말 한마디로 자신의 마음을 전하는 캐릭터. 다른 듯, 어쩐지 좀 닮은 것도 같았다. 나랑.

은주랑 내가 닮았다는 지점에서, 주변 사람들은 의아하게생각할 수도 있다. 내가 차갑고 냉소적인 면을 드러내는 영역은 어찌 보면 엄마나 가족뿐이기에.

극 중 이런 장면이 나온다. 허리를 다친 아빠를 대신해 은주는 대학 시절 7년 동안 집안의 가장 역할을 했다. 꽃 같은 그시절, 그 나이. 과외와 알바로 청춘을 보냈다. 그리고 시간이한참 흘러 은주도 결혼을 한 어느 날, 아빠가 은주에게 통장

하나를 내민다. 은주가 7년 동안 자신의 자리를 대신한 청춘의 값이라며, 고맙다고.

은주는 곧장 엄마에게 가서 통장을 내밀고는 "엄만 왜 나한테 고맙다고 안 해?"라고 따져 묻는다.

그런 은주를 보며 엄마가 촉촉이 젖은 눈으로 하는 말.

"세월이 얼만데. 그깟 고맙다는 말 한마디로 네 7년을 갚아. 그걸 어떻게 대신해……" 하며 눈시울을 적시는 장면. 이 대목에서 나도 울컥하고 뭔가 속에서 뜨끈한 게 한 움큼 올라왔다.

그랬다. 나도 그랬다. 나 역시, 그랬었다. 내가 엄마한테 하고 싶었던 말.

"엄마는 왜 나한테 고맙다고 안 해?"

몇 년 전. 집에 큰 우환이 있었을 때 내가 대출을 받아 해결한 적이 있었다. 그리고 6년간 그 빚을 갚느라 아등바등. 일하느라 끼니도 제대로 챙기지 못하고, 잠도 제대로 못 자가며, 프로그램 하나라도 더 해서 빚 갚기에 바빴다. 그렇게 빚 갚는데 나의 온 청춘을 갈아 넣은 시간. 그로부터 7년이 지났다.

그리고 나는 여전히 고맙다는 말 같은 건 들어보지 못했다. 엄마로부터.

갑자기 궁금해졌다. 엄마는 왜 내게, 이 모든 시간을 지나는 동안 고맙다고, 내 딸 힘들었겠다고, 수고했다고 이 한마디를 단 한 번도 해주지 않았을까. 너무나 당연해서였는지 혹은 드라마 속 은주의 엄마처럼 그런 속 깊은 마음 때문이었는지.

엄마의 마음이 어느 쪽이건, 나는 쉽사리 물을 수가 없었다. 서운할 때도 있었고, 답답할 때도 있었고, 어느 땐 화가 나서 퍼붓고 싶은 날도 있었지만, 나는 그럴 수가 없었다. 내가 물음을 던진 순간, 적당한 대꾸를 찾아 헤맬 엄마 얼굴이 떠올랐고 어쩌면 당황해서 언성을 높이거나 한바탕 눈물로 오열할 엄마가 그곳에 있었다. 물론 내 생각일 뿐이지만, 엄마는 십중팔구 울 것이었다. 해준 것 없는 엄마라면서.

나는 엄마가 대답을 못 하는 것보다, 엄마 스스로 '역시나 나는 내 딸에게 어쩌면 죽을 때까지 짐이 될 수도 있겠다'는 생각으로, 해준 것 없는 엄마로, 각인하게 하고 싶지 않았다. 엄마를 그렇게 만들고 싶지 않았다. 그렇게 엄마가 스스로를 가두고 죄책감으로 얼룩지게 만들 자신이, 내게는 없었다. 그건 정말로 엄마를 비참하게 만드는 일이니까. 그렇게 되면, 나는 두 번 다시 엄마 얼굴을 볼 수 없을 것만 같았으니까.

그러던 어느 날. 지인과의 대화에서 이 질문에 대한 답을 찾을 수 있었다. 어쩌다 부모와 자식에 대한 주제로 수다 꽃이 활짝 핀 날이었다. 두 지인은 슬하에 이미 자녀를 둘씩 둔, 50대의 엄마들이다. 한창 부모는 이래, 자식은 저래, 이야기를 주고받을 때였다. 한 지인이 이런 말을 했다.

"우리 때에는 어른들이나 엄마한테 그런 얘기를 많이 듣고 자랐어. 자식은 속으로 사랑하라고. 막 겉으로 쭉쭉 물고 빨고 그러지 말라고. 속으로 깊이깊이 사랑해주라고."

속으로 깊이깊이. 순간 말문이 막혔다. 숨바꼭질 놀이도 아니고, 꽁꽁 싸매둔 그 마음을 무슨 수로 알 수 있다는 걸까.

나의 혼란스러움을 눈치챘는지, 지인이 옅게 웃으며 다시 말을 이었다.

"물론 이해가 안 가. 그걸 무슨 수로 알아. 그치? 그게 참 잘된 방법은 아니야. 잘못된 거야. 표현을 해야 알지."

그날의 대화들을 가만히 떠올리다 이런 생각이 문득 들었다. 엄마는 어쩌면 엄마만의 방법으로 사랑을 펼치고 있는 게 아닐까.

어느 날에는, "딸 홈쇼핑에 앵클부츠가 엄청 예쁘네. 무슨 색깔이 좋아?" 며칠 후에는, "딸내미 엄청 추워. 엄마가 롱패딩 하나 샀어. 너 주려고. 서울은 더 춥잖아. 감기 걸리지 않게 아끼지 말고 막 입고 다녀. 알았지? 엄마가 또 사줄게." 여름, 겨울, 이사하던 날에는, "이불 세트 보냈어. 이번에 가서 보니까 이불에 막 보풀이 일어서 보기 싫더라. 깨끗한 걸로 뽀송뽀송하게 덮고 푹 좀 자. 맨날 잠이 모자라서 어째……" 하면서.

고맙다는 말이 아니더라도, 미안하다는 말이 아니더라도, 엄마는 엄마만의 방법으로 내게 말을 걸고 마음을 전해오고 있었다. 이런 엄마의 사랑을 오히려 '당연'하게 대하고 있던 건 어쩌면 나였을지도.

세대가 바뀌어, 제 자식이 최고이고 으뜸이라며 듬뿍 표현하는 엄마들에 비해 내 엄마는 여전히 그런 표현은 못하지만, 그래도 괜찮다. 그런 게 아니어도 속으로 깊이깊이 자식을 사랑하는 엄마의 마음을 알았으니까. 엄마만의, 그 나름의 사랑법을.

그래서 앞으로 나는 내가 먼저 사랑한다고, 먼저 고맙다고,

먼저 미안하다고 말하는, 그런 도전을 해보려고 한다.

×

엄마, 저기 있잖아.

우리 고마운 건 고맙다고, 미안한 건 미안하다고, 그런 말은 좀 하고 살자. 앞으로 내가 먼저 표현은 하겠지만.

고마워, 미안해, 사랑해. 이런 표현들을 평소에 안 하고 사는 건 아니었지만, 어쩐지 엄마랑 나는 정작 중요한 순간에는 타이밍을 놓쳐서 결국은 서로의 사랑을 오해하고, 화를 내고, 상처를 주고. 서로가 서로에게 악역을 하는, 그런 시간이었는지도 몰라.

그러니까 엄마. 내 말은……

오해해서 미안해.

사랑해줘서 고마워. 진심으로, 나도 엄마를 사랑해.

고맙다는 말이 아니더라도,
미안하다는 말이 아니더라도,
엄마는 엄마만의 방법으로
내게 말을 걸고 마음을 전해오고 있었다.
엄마만의, 그 나름의 사랑법을.

엄마가 내 편이라는 거짓말

어느 날 친구가 울면서 찾아왔다. 도대체 자신의 엄마는 왜 그런지 모르겠다면서. 자초지종을 들어보니 친구의 엄마가 그녀의 남자 친구에게 엄청난 상처를 준 것 같았다.

남자 친구를 제 엄마에게 처음 소개하던 날. 친구의 엄마는 그랬다고 한다. 한마디로 내 딸은 최고다. 그런 내 딸을 만난 너는 행운아이며 네 기준에 어디 가서도 내 딸만 한 여자는 못 만난다.

어머니가 좀 너무했다 싶으면서도 한편으로 부러운 마음이 든 건 왜였을까. 이런 생각에 도달하고 나니 어쩐지 입안에 씁쓸한 맛이 맴돌았다.

아주 오래전. 친구와의 갈등으로 우울감이 그득할 때였다. 망설이던 끝에 엄마한테 고민을 털어놓았는데, 엄마의 말은 이랬다. 상대는 그랬을 거야, 저랬을 거야. 그 사람도 어떠한 사정이 있어서, 그래서 너한테 그러했던 게 아닐까? 같은. 엄마의 말뜻이 무언지 몰라서가 아니다. 그러나 어쩐지 엄청나게 서운한 마음. 지금, 이 짧은 순간만이라도, 그래줄 순 없었을까?

"누가 그랬어, 내 딸을! 엄마가 혼꾸멍을 내줘야지!"

두 팔을 걷어붙이고 잠시나마 씩씩대주었더라면. 단지 그뿐이었다. 내가 엄마에게 원하고 바랐던 것은. 전적으로 내 편.

내가 좀 잘못을 했어도, 좀 못된 언행을 했을지라도, 엄마만은 나를 좀 안아주면 안 되었던 건지. 누군가와의 트러블로 잔뜩 상처받은 마음에, 두 번 세 번 같은 자리에 생채기를 내는 느낌. 그게 엄마라서 더 쓰리고 아프고 고통스러운 경험. 나에게 지금 필요한 건 상처가 덧나지 않게 해줄 마데카솔인데. 옳고 그름 사이에서 충고하고 조언을 하는 엄마가 아닌, 그저 따뜻하게 토닥이며 안아주는 엄마의 품을 바랐을 뿐이었다.

그런데 결정적인 순간이 올 때마다 엄마는 여전히 내 편이 아니라는 생각에 마음 한쪽이 시큰하고 따끔거리는 것은 어쩔 수 없는 노릇이다. 물론 엄마가 "딸, 너는 매번 내 편이었냐"라고 따져 묻는다면 "단연코 나는 그랬노라" 말할 수는 없다.

언제나 이 사실 앞에서 민감해지는 건, 다른 누구도 아닌 엄마와 딸이기 때문이 아닐는지.

어떤 날에는 엄마의 이런 반응에 화가 나서 "엄마! 내 편 좀 들어주면 어디가 덧나?" 하며 덤비기도 한다. 그러면 엄마는 또 "너는 꼭 애매한 것만 들고 와서 편들어 달라고 하더라?" 하며 받아친다. 그런데 이런 애매한 순간이기에 더 필요한 거다.

엄마의 편들기가.

모두가 다 옳고 그른 걸 말할 수 있는, 그런 뻔한 일이라면 굳이 엄마한테까지 일일이 말해가며 '나 좀 안아달라'고 조를 필요가 없다. 그런 상황이라면 나 혼자서도 너끈히 해결할 정도는 되니까. 그러나 세상살이가 어디 내 마음 같던가. 한 치 앞도 내다볼 수 없는 돌발의 연속인 게 바로 인생이다.

엄마가 필요한 건 이런 이유가 아닐까. 같은 여자로서, 또 앞서간 인생의 선배로서, 그리고 무엇보다 엄마로서. 좀 살아본 사람에게 기대고 싶은 마음.

이 세상에 태어나 누구나 한 번의 삶을 살고, 모두가 처음인 인생을 산다. 그런데 그 처음에서 누군가 먼저 앞서간 흔적이 보이면 안도하게 되는 그런 마음. 그게 엄마의 발자국이라면 더더욱 그럴 것이다.

처음 직면한 문제들이 산적해 뭐부터 어떻게 풀어가야 할지 모를 때. 누군가는 이런 말을 하고, 다른 누군가는 저런 말을 해서 혼란을 야기할 때. 어느 것이 맞고 틀린지 헷갈릴 때. 무엇보다 내가 지금 잘 살고 있는 건지, 잘하고 있는 건지, 그 답이 절실할 때, 엄마가 필요하다. 전적으로 나만을 편들어 주는 그런 엄마가.

그냥 덮어놓고 내 편이었으면 좋겠고, 아니꼬워도 눈 한번 혹 감고 "잘했어! 장하다, 내 딸!" 해줬으면 좋겠고, 좀 우울하고 울적한 날에는 가만히 내 마음에 귀 기울여주었으면 좋겠다. 남들에겐 '딸 팔불출'로 보일 수도 있겠지만, 가끔은 엄마에게 이런 모습도 기대해본다.

이러니저러니 해도,

내가 엄마 딸이라는 건 변함이 없으니까.

엄마가 필요한 건 이런 이유가 아닐까.
같은 여자로서, 또 앞서간 인생의 선배로서,
그리고 무엇보다 엄마로서.
좀 살아본 사람에게 기대고 싶은 마음.

엄마가 필요하다.
전적으로 나만을 편들어 주는 그런 엄마가.

꽃을 보듯, 나 좀 볼게!

"참는 게 이기는 거야~."

참는 게 이기는 거라는 말이 미덕이던 시절이 있었다. 그러나 이제 그 말은 호구 잡히기 딱 좋은 말이 돼버렸다.

'참는 게 이기는 거다.' 사실 이 말뜻을 곱씹고 또 잘 들여다보면 아주 틀린 말은 아니다. 성격이 급하거나 불같아서 화를 잘 내는 사람치고 손해 안 보는 사람을 본 적이 없으니까. 그러나 참는 것도 '잘' 참아내야지, 속이 곯아서 문드러질 때까지 참아야 이긴다는 건 아닐 것이다.

내가 커오면서 제일 많이 들은 말 중 하나가 바로 이거였다. 참는 게 이긴다는 말. 그러나 나는 참아서 이겨본 적이, 단연코 말하지만, 단 한 번도 없다.

일을 하면서 부당한 대우를 받았을 때도, 누군가 내게 거친 언사나 선을 넘는 말과 행동을 했을 때도, 죽을힘을 다해 참아내었다. 그러다 화가 터졌을 때, 내가 이만큼 참다 터졌으면 상대도 내 마음을 좀 알아주겠거니 했다. 하지만 결과는 NO. 내 화가 밖으로 표출됐을 때, 상대는 오히려 그런 나를 '미친X' 쯤으로 여겼다.

이런 일을 반복적으로 겪다 보니 어느새 나는 내 감정을 숨기고 상대 걱정부터 하기 바쁜, 나를 돌보지 못하는 바보가 되어 있었다. 한번은 이런 마음이 참을 수 없을 만큼 견디기 힘들고 속상해서 엄마한테 말을 했다. 그리고 엄마의 대답은 언제나 그렇듯이,

"딸아, 네가 그렇게 참고 견디고 힘들었던 만큼 꼭 보상이 있어~"

보상 같은 거 때문에 지금의 나를 지옥으로 몰아넣는 게 진짜 잘하는 걸까. 나는 의구심이 들었다. 그리고 궁금해졌다. 엄마가 참아서 이긴 적은 몇 번이나 될까. 그랬을 때 엄마에게는 어떤 보상이 있었을까.

나는 서른이 넘어서야 참는 게 이기는 거라는 말뜻을 제대로 이해하기 시작했는데. 그 긴긴 세월, 참으면 진짜 다 이기는 건 줄만 알고 미친 듯이 참고 또 참고. 그러다 주체할 수 없을 정도의 화가 치밀어 올랐을 때, 그래서 마침내 폭발할 것만 같은 성난 마음을 더 이상 몸 안에 가두는 게 불가항력이라 뱉어냈을 때는 '혹시 내가 분노조절장애를 앓고 있는 건 아닐까' 하는 두렵고 무서운 순간들을 마주해야만 했다.

나는 이렇게 참아서 손해를 보거나 바보 취급받을 때가 더 많았는데. 어느 때엔 엄마만의 어떤 특별 비법 같은 게 있는지 정말로 궁금해서, 따로 특훈이라도 받아야 하는 건 아닐까 진지하게 고민해본 적도 있다. 여하튼 이 말이 제일 잘 맞아들어갈 때는, 엄마랑 나의 트러블이 절정에 다다랐을 무렵이다.

얼마 전 치과 가던 날 아침. 엄마와 작은 트러블이 있었다. 엄마는 대화 중에 전화를 끊어버렸고, 나는 또 얕은 한숨을 뱉으며 속이 터져라 했다. 그리고 다시 엄마에게 전화하는 일 따위 하지 않았다. 보통 때면 내가 먼저 전화를 해 엄마의 마음 상태를 들여다보고 달랬을 테지만, 어쩐지 이번만큼은 그러기가 싫었다. 나도 상했으니까, 내 마음이 먼저란 생각이 들었다. 지금의 내 감정은 내 감정대로 옳은 거라고.

내 마음을 보듬지 못한 채 엄마의 마음을 들여다본다는 건 거짓말이다. 그냥 오랫동안 엄마를 방치하는 나쁜 딸이 되기 싫어서, 엄마를 외면한 못된 딸이란 소리가 듣기 싫어서일 뿐이니까. 결국 이렇게 나를 들여다보지 못한 시간은 상처라는 이름 아래 켜켜이 쌓인다. 그러다 결국은 빵! 하고 터져, 걷잡을 수 없는 감정의 소용돌이 속으로 빠져버리게 된다.

부모는 돌아가시면 끝이다, 그러니 있을 때 잘해라. 맞는 말이다. 그래서 그 시선으로 엄마를 이해하려 부단히 애쓰느라나 자신을 돌보지 못한 날도 많았다. 아플 때도 기쁠 때도.

그러나 가끔은 엄마 말고, 나를 먼저 보는 시간도 필요하다. 나는 지금에 이르러서야 마음껏 누리는 것에 도전 중이다. 엄마 말고, 나만을 오롯이 보면서.

그래야 비로소 엄마도 나 자신도, 더 소중히 여기며 더 많이 사랑하게 될 테니까. 반드시.

부모는 돌아가시면 끝이다,
그러니 있을 때 잘해라.
맞는 말이다.

그래서 그 시선으로
엄마를 이해하려 부단히 애쓰느라
나 자신을 돌보지 못한 날도 많았다.
아플 때도 기쁠 때도.

그러나 가끔은 엄마 말고,
나를 먼저 보는 시간도 필요하다.

여자의 적은 여자다

적(敵)

1. 서로 싸우거나 해치고자 하는 상대

2. 어떤 것에 해를 끼치는 요소를 비유적으로 이르는 말

3. 경기나 시합 따위에서 서로 승부를 겨루는 상대편

적의 사전적 의미다. 보편적으로 '내 편'과 '네 편' 가르기를 할 때 자주 쓰는 표현이다. 그리고 나랑 엄마 사이에도 '적'과 '편'은 존재한다.

가장 가깝지만 먼 사이가 부부라고 했던가. 등 돌리면 남, 서로 마주 보고 있으면 님. 그래서 부부라 한다고.

그런데 가깝고도 멀기로는 모녀 사이가 더 끈덕지고 치열하다. 이렇게 말하면 너무 냉정하다고 할 수도 있겠지만, 팩트만 놓고 따져보자면 부부는 서로를 도저히 끌어안을 수 없을 땐 갈라서기라도 하지만, 부모 자식 간은 그것도 안 된다. 마음에 안 든다고 갈라설 수가 있나 버릴 수가 있나. 간혹 부모 자식 간에 철천지원수가 되어 연을 끊고 사는 경우도 있지만, 그렇다 하더라도 마음속 기억까지 없앨 수는 없는 거니까.

갈라선 부부는 그저 잊고 지내거나 이따금 상대가 떠올라

한국에서 딸로 살아간다는 것

도 그리 애틋하지는 않을 것이다(이 생각이 절대적이라고 할 수는 없지만, 주변의 이야기를 통해 짐작한 부분임을 밝혀둔다). 어쩌면 아무것도, 정말 아무것도 느낄 수 없을 만큼 기억의 저편에 자리할 뿐.

그러나 부모 자식은 좀처럼 그럴 수가 없다. 몇십 년씩 왕래 없이 지내더라도 기억의 저편으로 밀어낼 수가 없다. 그렇게 하려고 노력할 뿐. 좋든 나쁘든, 떠올려서 아무렇지 않을 수 없는 관계가 부모 자식인 거니까. 사실 이혼을 고려하는 부부 사이에서도 무 자르듯 딱 서로를 잘라낼 수 없는 이유가 자식 때문 아니던가.

그렇기에, 나는 이따금 엄마와 내 관계가 어쩌면 부부보다도 더 끈덕지고 치열하다는 생각이 든다. 서로의 인생에서 결코 떨어뜨릴 수 없는 그런 존재라는.

이런 생각을 하게 된 것은 나와 트러블이 있거나 내게 전적인 동의를 구할 때 쓰는, 엄마의 말 표현 때문일지도.

"넌 아군이야, 적군이야?"

이따금 나도 엄마의 이 표현을 빌릴 때가 있다. 특히 나와 남동생 사이에 엄청난 트러블이 발생했을 때. 그래서 엄마한테 동생이 나한테 버릇없이 이랬다, 저랬다, 고자질해대는 날.
가만 듣고 있던 엄마의 말은 이랬다.

"편이 어디 있어~. 엄마는 누구 편도 아니야. 중립이지."

중립이라니. 엄마는 엄마 편 안 들어주면 대번에 너는 '적군'
이라고 몰아붙이면서 내게는 중립이라고 하니, 그저 기가 막
히고 황당할 뿐이다.

엄마 입장에서 보면 아들 편을 들겠나, 딸 편을 들겠나. 이런
이치로 보자면 엄마의 '중립'이라는 말을 이해 못 할 것도 아니
지만, 영 찜찜하고 탐탁지 않아 뜨뜻미지근한 이 기분. "엄마
는 아들 편"이라며 대놓고 편드는 말보다 더 짜증이 나고 신경
질 나는 이 마음.

가만 보면 엄마는 남동생들과는 잘 싸우지 않는다. 사실 싸
움이 안 된다고 하는 게 맞다. 엄마가 뭐라고 싫은 소리를 할
때도 남동생들의 반응은 대개 "엄마 죄송해요" 라거나 "네 알
겠어요" 혹은 묵묵부답이기에. 그래서일까. 남동생들한테 언성
을 높이거나 큰소리치는 비중이 나보다는 낮다.

아무튼 딸인 나와 부딪힐 때와는 좀 다른 분위기가 연출된
다. 남동생들한테는 미안하다고도 하고, 엄마가 네 마음을 몰

라줘서 속상했겠구나 같은 말도 곧잘 하던데. 나한테는 오히려 그런 말을 안 한다. 미안할 일에도 엄마가 뭐가 미안해야 하냐고 하거나, 내가 잔소리를 좀 하면 듣기 싫다며 싫은 티를 팍팍 내니까. 물론 엄마는 딸과 아들 모두한테 공평하게 대했다고 하겠지만 내 입장에서 보자면, 아니다. 전혀. 엄마는 나한테 안 지려고 하니까. 절대.

엄마가 이러는 게 딸이 같은 여자라 만만하고 편해서인지. 그것도 아니면 정말 같은 여자끼리 은근한 기 싸움인지. 이런 상황 끝에 떠오른 문장 하나가 있다. '여자의 적은 여자다.' 엄마는 딸인 내게 있어 같은 편이기도 하지만, 말 그대로 '적'일 때도 공존한다는 것.

우리가 '적' 모드였던 어느 날. 나는 엄마에게 대뜸 이런 말을 퍼부었다.

"아무리 생각해봐도 난 애정 결핍이야. 그러니까 맨날 그런 연애를 하지."

그때 엄마의 눈빛은 이렇게 말하고 있었다. 어떻게 앞뒤가 하나도 안 맞는 소리를 저토록 유려하게 잘도 하고 있나.

"그게 왜 내 탓이야? 막말로, 내가 언제 너한테 그런 놈들만 골라서 만나라고 그랬냐? 지가 좋다고 만날 땐 언제고. 왜 이제 와서 그게 다 내 탓이래~. 진짜 별났네."

"엄마가 날 안 사랑하니까 그렇지! 다 그 탓이야. 그러니까 그게 맞아. 엄마 탓!"

그런 나를 보며 기가 막히고 어이가 없어 기함을 하던 엄마.

얼토당토않고 말 안 되는 소리인 거 안다. 그러나. 그럼에도. 그런 온갖 투정과 말 안 되는 소리들을 늘어놓아서라도, 나는 꼭 듣고 싶었다. 엄마가 내 편이라는 말. 엄마는 네가 무엇을 해도 언제까지나 괜찮다는 말. 그러니까 걱정 말라는 말.

그러니까 엄마. 그냥 어떤 날에는,

"엄마는 딸 네 편. 무조건"이라고 좀 해주라.

한국에서 딸로 살아간다는 것

내가 다 받아주는 사람은 아니잖아

간혹 엄마와의 트러블에서 내가 엄마의 잘못된 점을 일목요연하게 정리하고 들면, "너는 엄마를 가르치려고 해! 엄마가 좀 잘못됐어도 그냥 넘어가는 법이 없어. 지겨워!" 하고 대번에 불만을 토로한다.

가르치려는 것보다 어디까지나 엄마와 딸 사이에서 일어난 의견 충돌이라고 말해두고 싶지만, 딸한테 어지간히 지기 싫어하는 내 엄마는 그걸 잘 받아들이지 않는다. 때문에 우리의 충돌은 언제나 뫼비우스의 띠 같다.

그런 적이 있었다. 하는 일마다 뭔가 큰 벽에 가로막혀 있는 것 같아 답답하기만 했던, 한숨으로 시작해 한숨으로 하루를 마무리하던, 신경은 날로 예민해져만 가고 집에 틀어박혀 나만의 동굴을 파고 들어가던 때가.

그런저런 마음으로 핸드폰을 만지작만지작하다 엄마한테 전화를 걸었다. 그리고 푸념 섞인 소리들을 늘어놓는데, 엄마가 이래저래 바른말을 하기 시작했다. 정도(正道)에서 한끝도 벗어나지 않는.

위로를 받으려고 전화했다가 무언가 꾸지람을 듣고 있는 것만 같은 상황에 신경이 다시 곤두서기 시작했다.

한국에서 딸로 살아간다는 것

물론 엄마 입장에서 생각해본다면, 삶이 고단하고 답답한 한때를 겪는 딸에게 하는 부모의 조언이나 충고는 어긋나거나 틀린 말이 아니다. 그러나 내게 필요한 건 충고나 조언, 평가, 판단 같은 것들이 아니었다. "엄마가 맛있는 거 해줄게~. 내려와 딸" 같은, 평소에 엄마가 최고로 잘하는 그 말이었다. 그리고 그때의 난, 엄마가 하는 바른말을 돌아볼 여유가 전혀 없는 상태였다.

어느새 대화는 엄마 입장을 중심으로 흘러가고 있었다. 내 속에 가득 찬 오물 같은 감정을 비워내려고 엄마를 찾았는데, 마음 안 작은 틈새에까지 꾹꾹 눌러 무언가를 더 담아내야 하는 상황.

"엄마. 그냥 내 이야기 좀 들어주면 안 돼?"

그냥 그랬다. 엄마가 하고 싶은 그 무수한 말들을 잠깐만 삼키고 잠잠히 내 이야기를 좀 들어주었으면 좋겠다는 생각. 갑자기 참았던 눈물이 주룩 흘렀다. 무언가 서럽기도 하고 복받치기도 하고, 감정이 주체가 안 됐다.

그리고 마침내, 마음 한쪽이 부욱 찢어졌다.

"내가 지금 엄마한테 뭘 해달란 것도 아니고. 내 딸 힘들구나, 이 말 한마디가 그렇게 힘들어?"

날카롭게 쏘아붙이는 내 반응에 엄마가 적잖이 당황스러워하며, 엄마는 네가 걱정돼서 한 말이었는데 이게 그렇게 잘못된 거냐며 물어왔다.

누가 잘못하고, 누가 잘했고, 그런 문제가 아니라고. 이런 상황들이 답답하다고. 엄마한테 그냥 서운하다 말하는 것뿐이라고. 엄마가 속상할 때 내가 잘 들어주지 않거나 바른 소리를 하면, 잔뜩 시무룩한 목소리로 "알았어, 그만 말해"라고 하면서. 무슨 엄마가 이래.

"너 그러면, 엄마도 서운해."

이런 순간에도. 나는 엄마의 '서운하다'는 말에, 내 마음을 위하기보다는 엄마를 이해하기 위한 마음을 짜내고 있었다. 그러다 쿠르르…… 마음 저 어딘가에서 무엇인가 무너지는 소리가 들렸다.

도대체 뭐가 어디서부터 틀어진 걸까. 단지 엄마가 나의 이 야기를 좀 들어주었으면 좋겠다는 마음이 그랬던 걸까. 딸내미의 마음 한 자락이라도 위로하려 한 엄마의 마음이 그랬던 걸까.

어쩐지 그런 느낌이었다. 엄마와 나는, 서로 절대 만날 수 없는 평행선을 걷고 있다고. 맞닿는 지점 없이 계속, 계속. 그렇게 끝도 없이 펼쳐진 길 위에 서 있는 것만 같다고.

어쩌면 이대로 영영 만날 수 없을지도 모른다고.

엄마한테 거절당한 것만 같은 마음에 쓴웃음이 툭 불거질 때였다. 불쑥 내 마음 안에서 '내가 다 받아주는 사람은 아니잖아'라는 말이 쑤욱 고개를 내밀었다. 나도 이해받고 싶을 때가 있고 기대거나 울고 싶은 날이 있는데. 이런 순간에도 나보다는 엄마가 진짜 서운해서 마음이 상했을까부터 살피는데.

온통 찢어진 마음을 부여잡고 몸부림을 쳤다. 그러다 언젠가 봤던 자연 다큐멘터리가 떠올랐다. 막 알을 깨고 나온 새끼 거미에게 어미 거미가 잡아먹히는 장면. 굉장히 충격적이었다. 그런데 더 충격적이었던 건 어미 거미가 스스로 제 새끼들에게 자신의 몸을 내어주었다는 것이었다.

'내가 다 받아주는 사람은 아니잖아.' 이 말의 의미는 어쩌면 그럴지도 모른다. 엄마의 심장과 마음을 갉아먹는 행위. 마음이 병들었을 때, '내가 다 받아주는 사람은 아니잖아'라는 말 대신 이렇게 물어봐야겠다.

"엄마, 나 아파. 마음이 병든 것 같아. 이럴 땐 어떻게 해야 해?"

내 엄마라면 분명히 괜찮은 방법을 알려줄 테니까.

한국에서 딸로 살아간다는 것

나는, 그냥 딸이다

얼마 전 스치듯, 엄마의 새 핸드폰을 보는데 갑자기 궁금해졌다.

"엄마. 나 뭐라고 저장돼 있어?"

"너? 그냥, 딸?"

그냥 딸이라니. 아무 수식도 없는 '딸'이라니.

특별히 무엇을 기대하지는 않았지만. 그래도 뭔가 좀 서운하고 되게 씁쓸하기도 하고. 기분이 어쩐지 떨떠름했다.

내 친구 엄마들은 자기 딸 이름 앞에 온갖 좋은 말들로 꾸며주던데.

"그냥 딸이야? 뭐 더 없어?"

서운한 기색을 비치자 엄마가 갑자기 웃음을 터뜨렸다. 사실 얼마 전까지만 해도 [사랑하는 딸]이었다고. 그런데 며칠 전에 이름을 바꿨다는 것이다. 그냥 [딸]로.

누군가의 핸드폰에 내가 뭐라고 저장돼 있든 크게 신경 쓰는 편은 아니지만, 이유가 문득 궁금해졌다.

"왜 바꿨는데?"

엄마의 대답은 아주 간단명료했다.

"우리 싸웠잖아."

세상에나. 좀 싸웠다고 핸드폰에 저장된 딸 이름까지 바꾼단 말인가.

우리 엄마는 짙은 소녀 감성의 소유자인지라 자식에게 서운한 게 있으면 자신만의 방법으로 그것을 꼭 표현한다. 핸드폰에 저장된 이름을 바꾸는 게 그렇듯. 그리고 엄마의 이런 대우는 아빠나 두 남동생도 예외가 아니다. 엄마만의 소심한 복수쯤 되려나.

아무리 그래도 이건 좀 너무하다. 엄마와 싸운 후에도 내 핸드폰 속 엄마의 이름은 늘 [내 엄마]인데. 엄청나게 억울하고 밑지는 기분이 드는 건 어쩔 수가 없었다.

"나도 바꿀래!"

핸드폰을 냉큼 꺼내 들 때였다. 엄마가 바로 저지에 나섰다.

"넌 바꾸지 마. 그건 반칙이지!"

반칙이라니. 대체 뭐가 반칙이라는 건지. 이게 요즘 표현으로 내로남불(내가 하면 로맨스, 남이 하면 불륜)도 아니고. 엄마는 바꾸면서 나는 바꾸지 말라는 게 무슨 억지인지.

황당한 표정을 짓는 나를 보며 엄마가 말했다. 너는 이름 바꿀 만큼 지금 당장 엄마가 미운 건 아니지 않냐고. 도대체 이건 무슨 근거 없는 자신감일까 싶었지만, 곧 이런 식의 해석이 가능한 건 역시나 엄마밖에 없다는 생각에 웃음이 터져버렸다. 내 엄마다운 면모였으므로.

"엄마는 내가 그렇게 미웠어?"

"미웠지. 한 대 쥐어박고 싶을 만큼."

"지금은?"

"다 풀렸어. 이제 안 미워."

"그런데 왜 저장한 이름이 그대로야? 다시 원상 복구해야지."

엄마는 잠시 생각하더니 말했다. 그건 싫다고.

싫다는 엄마의 말에 잠시 어리둥절해졌다. 상황이 해결됐는데 어째서일까. 혹시 아직 감정이 남았나 싶어 엄마에게 물으니, '숙려 기간'이라고 했다.

숙려 기간. 이것은 부부가 이혼 신청을 한 경우, 성급한 이혼을 막기 위한 제도다. 그런데 이게 엄마와 딸 사이에도 필요할 줄이야.

풍선에 바람 빠지는 듯한 내 웃음소리에 엄마가 말했다. 상황과 감정이 종료된 건 맞지만 어쩐지 딸이 미덥지 못하다고. 핸드폰 이름을 원래대로 돌려놓고 나면 엄마를 금세 배신할까 봐. 그러면 배신감이 몇 배는 더해질 것만 같다고.

내가 엄마에게 '그냥 딸'이 되는 아주 확실하고 가장 정직한 명분. 때때로 엄마의 마음을 지독히도 아프게 하는 미운 딸에게 할 수 있는 최대의 복수가 이런 것이었다.

"그러니까, 엄마가 이렇게 복수하는 거 그냥 둬. 안 그러면 나 화병 걸려서 치매 온다? 그때 네가 나 책임질 거야?"

그러니까 엄마의 말을 정리하면 다음과 같다.

1. 싸웠을 때 엄마가 핸드폰 이름을 바꿔도 그냥 넘어갈 것.
2. 바꾼 이름에 대해 왈가왈부하며 억지로 다시 원상 복구를 종용하지 말 것(안 그러면 치매에 걸릴지도 모르니까).

이런 조건이 싫다면 다른 방법도 있기는 하다. 엄마 속을 뒤집지 말라는 무언의 압력 같은 거. 나는 그런 엄마에게 이렇게 말하고 싶다.

"엄마. 우리 사이좋게 지내자! 저장된 이름 같은 건 안 바꿔도 되게."

잔소리와 사랑의 상관관계

벌써 20분째 엄마의 잔소리가 끊어지지 않고 있다.

아주 사소한 물음 하나를 던졌을 뿐이었다. 나의 물음표 하나에 딸려 오는 엄마의 의견들이, 한여름 폭우처럼 쏟아지고 있었다.

내 엄마는 잔소리가 좀 있는 편이다. 물론 엄마 자신은 단순한 잔소리가 아닌, 엄마의 사랑이라고 말하지만.

"엄마, 또 잔소리"라는 말에 엄마의 대답이 그렇다. 이게 다자식을 위한 부모의 마음이라고. 네가 부모가 안 돼봐서 그런다고.

"어떤 90세 노인이 70세가 된 아들한테 하는 말이 뭔 줄 알아? 밖에 다닐 때 차 조심해라, 밥 잘 챙겨 먹어라…… 부모는그런 거야. 네가 60살이 되고 70살이 돼봐라. 그래도 엄마한테는 애지."

어릴 때 옆에서 이런 거 저런 거 챙기고 잔소리해주지 못해서, 지금이라도 해주고 싶은 엄마의 마음. 그 마음이 헤아려지기에 잠자코 듣는 날도 있지만, 때론 현실에 쫓기느라 엄마의그런 마음을 들어주고 담아줄 여유가 없는 것도 사실이다. 그럴 땐 나 역시 내 마음을 전한다. 엄마 마음이 최대한 상하지 않게.

"엄마. 나 생각해서 말해주는 건 다 좋은데, 내가 지금은 듣기가 좀 힘들어."

내가 아무리 엄마가 다치지 않게 신경을 쓴다 해도 딸한테 자신의 마음을 거절당했다는 기분을 떨칠 수가 없는지, 엄마는 또 나름의 서운함을 전해온다.

"너는 만날 엄마가 하는 말은 다 잔소리로만 들리지? 진짜 부모 마음을 너무 몰라준다, 너는."

엄마가 걱정 어린 마음에 하는 잔소리임을 안다. 엄마가 자식을 너무나도 사랑해서 노파심으로 하는 말임을 안다.

그러나 엄마가 잘 모르는 것이 하나 있다. 자식들이 엄마의 마음을, 부모의 마음을 1원어치도 모를 거라는 생각. 자식들이 엄마의 마음을 몰라서가 아니다. 다만 부모와 나의 삶이 다르고, 엄마와 나의 생각이 다르고, 각자가 지향하는 바가 다르다는 것. 엄마와 나는 같은 피를 나누고 한 몸에서 서로의 심장을 느끼며 지냈던 시간(내가 엄마 배 속에 있을 때)도 있지만, 엄연히 다른 인격을 가진 피조물이라는 것. 이것을 조금은 인정해주었으면 하는 마음일 뿐이다. 그러나 그럼에도 우리만큼 서로를 가장 잘 이해하고 응원할 수 있는 존재도 없기에, 내 엄마니까 좀 인정받고 싶은 그런 마음.

어떻게 보면 굉장히 이기적이고 이율배반적이기도 하지만, 엄마와 나의 관계가 그렇다. 잔소리가 사랑의 크기에 비례하는 것처럼. 엄마의 잔소리가 대단히 싫지는 않지만, 어떤 날에는 이 잔소리가 나를 인정해주지 않는다는 것 같으니까. 그냥 지금의 나를 좀 지켜봐 주었으면 하는 때도 있는 것이다. 다른 누구도 아닌, 내가 가장 신뢰하고 사랑하는 상대에게 인정받을 때, 진짜 힘이 발휘되기도 하니까. 그게 나의 엄마라면 더더욱.

'틀리다'가 아니라 '다르다'는 것을 인정해주기.

엄마의 잔소리에 담긴 사랑이, 부모가 자식을 위하는 일방통행 같은 것 말고 서로의 다름을 인정해주는 마음이었으면 좋겠다는 생각.

엄마의 잔소리. 내게는 언제나 역설적이다. 필연적인 엄마의 마음을 대변하는 소리와 맹목적인 사랑, 그 중간 어디쯤에 정착해 있는.

엄마의 잔소리는 쓰면서도 달다.

엄마의 잔소리는 아프면서도 따뜻하다.

엄마의 잔소리는 싫으면서도 좋다.

'틀리다'가 아니라 '다르다'는 것을 인정해주기.
엄마의 잔소리에 담긴 사랑이,
부모가 자식을 위하는 일방통행 같은 것 말고
서로의 다름을 인정해주는 마음이었으면
좋겠다는 생각.

사랑은 언제나 목마르다

"딸내미가 아는 게 별로 없네."

"무슨 작가가 모르는 거투성이야."

내가 할 수 없는 일에 "그걸 내가 어떻게 해"라는 의사를 보일 때, 엄마의 반응이다. 내 엄마는 자신의 딸을 인공지능 로봇이나 초능력자 정도로 생각할 때가 있는 것 같다. 내 능력이 닿지 않는 그 어떤 것까지 능숙히 해내길 바라기도 하니까.

작가 장해주도, 딸 장해주도 사람이라는 사실을 가끔 망각하는 것만 같다. 나보다 세상을 갑절은 더 살아온 엄마도 못하는 것을, 내가 무슨 수로 해낸단 말인가.

엄마가 알고 싶어 하는 것에 대해 내가 제대로 답을 내놓지 못할 때, 나는 생각한다. 남들이 다 할 수 있는 일도, 내 딸이하면 굉장해 보이고 대단해 보이는 팔불출 엄마인 걸까. 혹은 작가 딸은 정말 모르는 것 하나 없이 옆에서 버튼 하나만 툭 누르면 알짜배기 정보들을 줄줄 쏟아내는 걸로 알고 있는 걸까.

사실 엄마의 마음이 어느 쪽인지는 알 수 없다. 단지, "딸내미가 모르면 누가 알아?"라는 엄마의 말을 들은 다음에는 싱거운 웃음만 나오니까. 그냥 엄마 딸은 모르는 게 별로 없다고, 똑똑하다고만 여기는 걸지도. 그러나 나는 엄마가 생각하는 것처럼 그리 똑똑한 딸은 아니다. 오히려 부족한 게 많은 사람이라 남들보다 곱절의 노력과 공부가 필요했으니까.

작가라는 직업은 배워야 할 것도, 알아가야 할 것도, 공부할 것도, 어마무시하게 많다. 어떤 소재로 글을 쓰려면 그와 관련된 자료 조사부터 취재까지, 그것에 대한 모든 것을 섭렵해야 한다. 내가 글을 쓰고자 하는 영역에 대한 것은 전문가보다 더 전문가가 되어야 하니까.

이런 과정을 통해 나는 글을 쓰고 지식을 쌓는 것일 뿐, 날 때부터 영재나 천재 타입의 인간형이 아니다. 그러니까, 엄마에게 똑똑하고 잘난 딸이고 싶어 부단히 노력하며 살았을 뿐이지, 척척박사는 아니란 것.

엄마에게만큼은 언제나 자랑거리가 되고 싶은 마음. 굉장한 딸이 되고 싶다는 생각. 이런 딸을 엄마가 더없이 사랑해줄 거라는 믿음. 나의 완벽주의 성향은 그래서인지도 모르겠다. 동생들에게는 실수 없고 단단한 누나로, 엄마와 아빠한테는 신뢰할 수 있는 장녀로, 스스로에게는 일 잘하는 작가로 인정받기 위해.

때문에 작은 실수도 용납할 수가 없었다. 실수도 할 수 있다고, 지금까지 이 어려운 과정들을 버티고 해내느라 너무나도 애썼다고 스스로를 위해주지 못했다.

물론 이 모든 것이 엄마의 탓이라는 건 아니다. 그렇다기보다, 어느 순간 스스로 엄마한테 '완벽한 딸'이 되어야 한다는 강박감을 가졌던 거니까.

딸내미가 모르면 누가 아느냐는 엄마의 말에는 그런 게 담겨 있는 게 아닐까. 그냥 딸에게 기대고 싶은 마음. 뭐 하나라도 다른 사람보다는 내 딸이 말해주는 게 더 기쁘고, 엄마보다 아는 게 더 많아진 딸의 모습에 내심 뿌듯한 마음.

엄마의 이런 마음을 이해 못 하는 건 아니지만, 어쩌다 불쑥 물어오는 사소한 질문 하나에도 또다시 긴장하게 되는 게 사실이다.

언젠가 엄마가 TV에서 나온 신조어를 보고는 무슨 뜻이냐며 전화를 걸어왔다. 나도 처음 들어본 단어였다. "엄마, 잠깐만" 하며 재빨리 인터넷 검색을 해서 알려주었다. 이런 일들이 하루에 몇 번씩 있는 날도 있었다. 엄마가 인터넷을 통해 알아볼 수도 있는 내용들을 굳이 딸에게 전화를 걸어 물어오는 건, 엄마의 마음이 그런 거니까.

딸을 사랑하기 때문에, 그 사랑을 '확인받고' 싶어서.

그래서일까. 내 엄마의 딸 사랑은 언제나 독특하고 기발하다. 개성이 넘친다. 다른 사람들은 이해하기 어려운 형태의 사랑이다.

엄마를 사랑하기 때문에, 그 사랑을 '확인하고' 싶어서. 엄마를 향한 나의 사랑은 늘 역설적이고 뾰족하다. 한마디로 '못된 사랑'이다. 이런 엄마와 나를 비유하면, 물과 기름이랄까. 결코 섞일 수 없는 사이지만, 끊임없이 서로의 향기와 결을 섞어보려 몸부림을 치는.

그래서인가 보다.

우리의 사랑은, 서로에게 언제나 목마르다.

한국에서 딸로 살아간다는 것

4

마음은 전할 수 있을 때
전해야 한다

엄마 거는 엄마 거, 내 거는 내 거

얼마 전 결혼한 후배가 집들이에 초대했다. 화이트 톤의 정돈된, 후배만큼이나 단정하고 잘 정리된 집이었다.

"너 살림꾼이었구나? 깔끔하고 예쁘게 잘 꾸몄네."

집 구경을 하며 한 말에 후배가 싱긋 웃으며 말했다.

"언니, 우리 엄마도 와서 놀라더라고요. 그러면서 엄청 배신 감 느끼던데."

결혼한 딸네를 방문했던 친정 엄마가 후배를 흘기며 그랬다 고 한다. 결혼 전에는 도대체 왜 그렇게 난장을 치며 살았던 거냐고. 결혼 후에 살림이나 하고 살까 싶어 걱정이 이만저만 이 아니었다고. 그런데 새카맣게 속았다는 것이었다.

후배는 그런 엄마에게 이렇게 대꾸했다고 한다.

"그건 내 게 아니었잖아. 엄마 살림이었으니까."

내 것이 아닌, 엄마의 것.

성인이 되어 결혼을 하거나 독립을 하면 가장 먼저 바뀌는 말이 하나 있다. '내 집'과 '엄마의 집'이다. 따로 분리된 가정을 갖게 되면, 그 전에 내가 나고 자랐던 '내 집'은 더이상 '내 집'이 아니다. 그러고 보니 나도 후배와 별반 다르지 않았다. 독립한

마음은 전할 수 있을 때 전해야 한다

후부터 살림에 대한 태도가 바뀌었으니까.

독립을 하고 얼마쯤 지나 엄마가 우리 집에 왔었다. 엄마는 집 안 구석구석을 둘러보며 테이블이나 책장의 먼지는 잘 닦았는지 손가락으로 스윽 쓸어보기까지 했다. 그러더니 깔끔하게 정돈된 내 집이 믿기지 않는 듯한 얼굴로, 이렇게 할 줄 알면서 그동안은 왜 그렇게 돼지 소굴을 해놓고 산 거냐고. 그런 방에서 잠이 왔느냐고.

그렇게 최종 점검까지 마친 엄마는 제법 만족스러운 듯 웃으며 말했다.

"너도 크긴 컸구나? 깨끗하게 잘해놓고 사네. 난장을 해놓고 살까 봐 걱정했는데."

"엄마. 나도 다 할 줄 알아. 그냥 안 한 거지."

툭 던진 말에, 엄마가 약간 배신감이 일렁이는 얼굴로 말했다. 그럼 그동안 엄마를 부려먹은 거냐고.

엄마나 외할머니가 옆에 있을 때 나는 청소나 빨래 같은 것들과는 거리가 멀었다. 내 손으로 양말 한 짝 빨아본 적이 없었으니까. 옷장은 늘 엉망이었고 화장대 앞은 머리카락으로 밭을 이루었다. 그리고 이런 내 방의 뒷수습은 언제나 엄마나 할머니의 몫이었다. 내가 해야겠다는 생각 같은 건 단 한 번도 해보지 않았다. 으레 엄마나 할머니가 해주는 것으로 여기고 있었으니까.

이런 내게, 엄마나 할머니는 늘 복장을 터뜨리며 아침저녁으로 잔소리를 퍼부었다. 도대체 쟤가 결혼이나 할 수 있을지 모르겠다는 둥, 남편 될 사람이 불쌍하다는 둥, 무슨 여자애가 청소 하나 제대로 할 줄을 모르냐는 둥, 저런 방에서 글이 써지는 게 신기하다는 둥.

엄마와 할머니의 지청구에도 나는 언제나 태연했다. 나중에 다 잘하고 살 수 있다면서. 이런 내 모습에 엄마와 할머니 모녀는 고개를 절레절레 흔들며 혀를 끌끌 찼다. 도대체 그 나중이 있기는 하냐면서.

사실 청소나 빨래 같은 집안일을 할 줄 몰라서가 아니다. 하기 싫고 귀찮은 마음이 반, 내가 안 해도 치워줄 누군가가 있다는 안일함이 반. 한마디로 말하면 이런 거다. 어차피 여긴 '내 것'이 아무것도 없다는 것. 아무리 반질반질 윤이 나게 관리해봐야 결국 '나의 소유'가 아니라는 것. 언젠가는 떠날 둥지라는 마음이 무의식중에 자리 잡고 있었던 게 아닐는지.

내가 아무리 애를 쓰고 신경을 쓴다고 한들, 엄마나 할머니 마음에 들어본 적이 별로 없기도 했다. 늘 성에 안 차서 이건 이렇게 하면 안 된다, 저건 저렇게 해야지 같은 말만 들었으니까. 지금이야 할머니도 연로하셔서 그렇지, 예전에는 내가 한 설거지를 다시 할 정도였다.

이런 상황들이 연거푸 몇 번쯤 반복되고 나면 스스로 체득하고 깔끔하게 단념한다. 내 것 아닌 것에 너무 애쓰느라 스트레스받지 말자고. 어차피 해도 안 될 거, 미련 두지 말자고. 그냥, 아무것도 하지 말아버리자고.

사실 모녀지간이라도 살림 스타일은 너무나도 다르다. 좋아하는 벽지와 장판 색깔부터 가구 취향, 집 안에 풍기는 분위기까지. 할머니와 엄마가 다르고, 엄마랑 내가 다르고, 할머니와 나도 다르다. 아주 완벽하게.

할머니 집에 가면 "아~. 우리 할머니 냄새"라는 말이 그냥 터져 나오는 것처럼, 엄마 집에 가면 엄마 냄새가 나고 엄마의 손길이 닿은 살림살이들에서 '이희정'이란 사람이 바로 느껴진다.

우리 집에 방문한 지인들이 꼭 하는 말도 그러하니까.

"이 집, 꼭 너 같아."

나는 이 말을 들을 때 제일 기분이 좋다. 내 집이 나랑 닮았다는 말.

내 집이 나 같다는 말이 주는 의미. 나라는 사람이 존재하는 이유가 찾아졌다는 것. 단순히 누군가의 딸, 손녀, 이런 신분이 아니라 그냥 나로서, 그 한 사람으로서 있는 느낌. 이럴 때마다 드는 생각은 독립하길 잘했다는 것. 그리고 역시나 엄마는 엄마고, 나는 나라는 것.

우리는 가족이라는 테두리 안에 사는 사람들이다. 그렇지만 하나의 테두리 안에 있다고 해서 모든 것이 '같은' 것은 아니다. 함께하는 공간과 특정한 관계로 묶일 수 있는, 어떤 조건을 공유한 '식구'라는 테마의 구성원일 뿐. 우리는 다르다. '테마'는 같지만 '장르'가 다른 것. 이것이 우리의 모습이다.

그래서 나는 지금을 빌려 엄마에게 말하고 싶다.

엄마 딸은 지금 이대로 충분히 좋다고. 지금의 나를 응원해달라고.

엄마 딸은 지금의 내가 무척이나 마음에 든다고. 그러니까 이런 나를 인정해달라고.

마음은 전할 수 있을 때 전해야 한다

엄마 딸은 엄마의 하나뿐인 딸이고, 엄마는 나의 하나뿐인 엄마라고. 우리는 이런 모습인 거라고.

지금 이대로, 우리의 방식대로 사랑하자고.

나는 지금을 빌려 엄마에게 말하고 싶다.
엄마 딸은 지금 이대로 충분히 좋다고.
지금의 나를 응원해달라고.
엄마 딸은 지금의 내가 무척이나 마음에 든다고.
그러니까 이런 나를 인정해달라고.
지금 이대로, 우리의 방식대로 사랑하자고.

지금을 세어보아요

누군가는 시련의 상처로. 누군가는 현실의 치열함으로. 또 다른 누군가는 실패의 고배로. 이 모든 고비를 넘어갈 수 있게 해주는 것은, 어쩌면 추억 한 자락일 수 있겠다.

어느 화창한 날, 함께 걷던 꽃길이 그렇고. 울고 있던 내 어깨를 감싸주던 따뜻한 손이 그렇고. 지친 출퇴근 시간에 온 응원 메시지가 그렇고. 일상의 소소하고 작은 기억이 오늘을 살게 하고 내일을 기대하게 한다.

엄마와 나의 기억.

우리의 대화는 주로 과거로 간다. 그것이 퍽 즐겁고 꽤나 행복했던 기억들은 아니다. 아프고 쓰린 추억들이 대부분이기에. 그럼에도 우리의 대화가 과거에 머무르는 이유는, 엄마와 나에게 곱씹을 만한 추억이 별로 없기 때문이다.

엄마와 산 시간이 짧은 것만이 이유는 아닐 것이다. 짧아도 강렬한 추억은 얼마든지 남길 수 있으니까. 그저 엄마와 나는 각자의 인생이 너무나 '바빴고', 또 여전히 '바빠서'이다.

엄마는 내가 바쁘다고 하지만, 거꾸로 내 입장에서는 엄마가 늘 분주하다. 농번기에는 농사 때문에 숨 쉴 틈이 없고, 농

한기에 어쩌다 서울에 올라와도 엄마는 여기저기 다니느라 바쁘다. 그간 만나지 못했던 친구들을 만나고, 지인들에게 인사도 다니고. 이런 엄마에게 시간을 맞추기 위해 나는 없는 시간을 쪼개야 하는 날이 많다. 그리고 돌아오는 엄마의 대답은,

"엄마가 오늘은 친구네 가기로 했는데, 내일은 안 돼?"

엄마가 말한 '내일'이란 시간을 만들려면 역시나, 나의 모든 일정을 수정해야 한다. 오랜만에 올라온 엄마를 위해서 그 정도도 못 하냐고 할 수도 있겠지만. 네가 바쁘면 얼마나 바쁘냐고, 바쁜 척 좀 그만하라고 할 수도 있겠지만. 맞춰놓은 스케줄을 다 틀어버리기에는 감당해야 할 리스크가 적지 않다.

그렇게 우리는 또 멀어지고, 시간은 각자의 길로 흘러가 버리고 만다. 타이밍이 안 맞는 건지, 서로를 그다지 중요하지 않게 여기는 건지. 여기에서 중요하지 않게 여긴다는 건, 오늘만 날이 아니라는 생각, 다음에 얼마든지 시간을 같이 보낼 수 있다는 당연한 의식.

그러나 다음은 없다. 지금 이 순간을 놓치면 지나간 시간은 두 번 다시 돌아오지 않으니까. 그렇게 놓친 시간이 또 언제 찾아올지 기약이 없으니까. 무서운 이야기이지만, 어쩌면 평생

오지 않을 수도 있다. 오늘은, 오늘만의 '날'이니까.

엄마와 나는 이렇게 놓치고 흘려보낸 시간이 얼마나 될까. 기껏 찾아온 '오늘'을 놓아버리고 '다음'이란 말로 지나쳐버린 세월이 얼마큼일까. 그 아까운 시간을 다 쏟아버렸으니 우리에게 남은 것은 언제나 '과거'밖에 없다.

그러나 과거 속 어디에도 엄마와 나만이 오롯이 녹아 있는 추억 같은 건 없다. 이것이 내내 내 마음을 묵직하게 짓누르고 안타깝게 한다. 그래서일까. 엄마 또래의, 주변의 친한 지인들과 시간을 보낼 때면 여지없이 엄마가 생각난다.

'엄마랑은 아직 이런 거 못 해봤는데…….'

이상하리만치 나와 엄마는 시간이 맞는 때가 별로 없었다. 같이 시간을 좀 보내면 좋을 텐데.

엄마가 재혼하고 나서 지역적으로 멀어졌기에, 떨어져 지낸 시간이 더 많았다. 엄마의 재혼을 탓하거나 불평하는 것은 아니지만, 어쩐지 아쉬움이 남는 것도 사실이다.

이따금 친구들에게 듣는 이야기들. 이번에 엄마랑 둘이 해외여행을 다녀왔네, 주말에는 엄마랑 등산을 했네, 호캉스를 다녀왔네, 어디 맛집을 갔었네……. 모녀만의 행복했던 시간

마음은 전할 수 있을 때 전해야 한다

을 들을 때, 그저 밋밋한 표정으로 "좋았겠다"라고 하거나 말 없이 웃음으로 때우는 경우도 심심찮게 있다.

그러다 생각했다. 나보다는 어쩌면 엄마가 내게 더 바란 시간일지도 모르겠다고.

"바쁜 시간 쪼갰는데 친구 만난다고 하면 어떻게 하라고"라는 딸의 말에, 엄마는 알았을 것이다. 딸의 모든 시간표에서 엄마가 1순위인 적이 없었던 것을. 말은 엄마를 위하는 척했지만, 사실은 엄마가 친구와의 약속이 있다는 말에 내심 '바쁜 일정 있었는데 다행이다' 여기는 안도감을.

그러나 이런 내 마음도 처음부터 그랬던 것은 아니다. 이따금 엄마가 필요한 날에 엄마의 시간을 요청하면 "엄마 지금 바빠. 조금 이따가 전화할게" 그렇게 툭 끊긴 핸드폰을 보며, 밀려오는 황망함에 고개를 떨구기도 했다.

우리는 서로를 바라보지 않았다. 그렇게 타이밍을 놓치고 또 놓치고. 정작 서로가 필요할 때 우리는, 서로의 곁에 없는 존재였다는 사실이 못내 안타깝고 서글플 뿐. 그리고 어쩌면 나는, 엄마와 나의 이런 관계에 익숙해졌는지도 모를 일이었다.

엄마와 나의 이런 시간은 과거의 어디쯤에 멈춰져 있는 걸까. 녹이 슬어 잘 굴러가지 않는 체인도 새것으로 좀 갈아주고, 톱니바퀴가 잘 어우러져 유려하게 잘 돌아가는 시계로 만들고 싶다. 그리고 지금을 살아가며 웃는 얼굴, 행복한 표정, 만족감 가득한 마음으로 서로를 바라볼 수 있기를.

그렇게 서로의 시간을 환하게 채우는 날도 있겠거니, 날짜를 세어본다. 앞으로는 과거 말고, 틈틈이 꺼내 볼 수 있는 예쁘고 반짝반짝 빛나는 추억들을 많이 만들 수 있기를.

✕

엄마, 딸내미 봐줘서 고마워.

가끔은 엄마를 위해 나의 최고의 시간을 기꺼이 내어줄 수 있는, 그런 따뜻한 딸이 되어볼게.

그리고 엄마도, 가끔은 엄마가 필요해 기대오는 딸에게 엄마의 '지금'을 내어줄 수 있기를.

가끔은 엄마를 위해 나의 최고의 시간을
기꺼이 내어줄 수 있는, 그런 따뜻한 딸이 되어볼게.

그리고 엄마도,
가끔은 엄마가 필요해 기대오는 딸에게
엄마의 '지금'을 내어줄 수 있기를.

나 결혼 전에,

얼마 전, 결혼을 앞둔 후배가 3개월간 부모님과의 동거를 위해 본가로 들어간다고 했다. 이제 결혼하면 또 언제 부모님과 같이 살을 부대끼며 살아보겠냐면서. 물론 후배의 이 결정은 어지간한 마음으로 이뤄진 게 아니었다. 자신의 엄마랑은 상극이라고 말할 정도였으니까.

상극의 엄마와 보낼 3개월의 시간을 그려보면 엄청난 스트레스가 동반되는 것도 사실이지만. 평생 후회하느니 3개월 잠깐 머리털 좀 빠지고 약간의 위염을 겪는 게 낫다고. 지금 엄마랑 안 살고 결혼하면 자신은 정말이지 죽을 때까지 엄마한테 미안할 것만 같다고.

후배의 말이 그랬다. 죽도록 키워놨더니, 품 안의 자식이라고 자신은 스무 살 성인이 되자마자 엄마의 집에서 탈출하듯 떠나버렸다고. 등하교가 힘들다는 이유로, 대학을 핑계 삼아. 그 뒤로도 회사 생활 같은 이유들을 대며 부모님의 집에는 들어가지 않았다고. 그럴 때도 언제고 본가로 들어가면 된다는 마음이었는데, 그 '언제고'가 결혼을 앞둔 지금이 될 줄은 꿈에도 몰랐다고.

생각해보니 나도 그랬다. 열일곱 살이 되면서부터 엄마랑 같이 있지 않았으니까. 그러다 보니 어느새 이렇게 사는 것도 그리 대단치 않게 여겨졌고, 어떤 날에는 편하게 느껴지기까지 했다. 마치 처음부터 이렇게 지내왔던 것처럼. 당연한 것처럼.

그렇게 나의 버킷 리스트 속 1번 목록은 어느새 껌뻑껌뻑 수명이 다한 형광등처럼, 서서히 희미해져 갔다.

한때 버킷 리스트를 만드는 것이 유행이던 시절이 있었다. 죽기 전에 꼭 가봐야 할 장소, 해봐야 할 것, 만나야 할 사람 등.

내게도 그런 버킷 리스트가 있었다. 1번부터 번호를 매겨가며 하나씩 차근차근 이루어가는. 나이에 따라, 환경에 따라, 또 어떤 계절에 따라 버킷 리스트는 조금씩 바뀌거나 수정되거나 더 늘거나 줄거나. 그럼에도 내게 세월이 가도 변하지 않는 버킷 리스트 1번은,

나 결혼 전에,

그 흔한 모녀 사진도 한 장 없고, 둘만의 여행을 가본 적도 없으며, 어쩌면 제대로 된 대화를 이어본 적도 별로 없었다. 그래서 '나 결혼 전에'라고 쓴 후 쉼표를 하나 찍어두었다. '결혼

마음은 전할 수 있을 때 전해야 한다

전에 딱 이거!'라고 명명하기에는, 줄줄이 소시지처럼 하고 싶은 것들이 너무나도 많았기에. 마침표가 아닌 쉼표로 계속해서 그것들을 쭉쭉 이어나가고 싶을 만큼.

엄마랑 하고 싶은 일들을 이어주는 무수한 나의 쉼표들. 외출했다가 돌아와 엄마의 밥을 먹는 일, 주말이면 방바닥에 배를 깔고 누워 뜨뜻미지근한 그저 그런 예능 프로그램을 같이 보는 일, 시답잖은 시시콜콜한 잡담을 끊임없이 늘어놓으며 목젖을 훤히 드러내놓고 웃는 일……;

그렇게 끝없이 이어지는 '쉼표',

,

,

,

여행 한 번, 사진 한 번. 이렇게 특별한 순간을 저장하고 비축해서 두고두고 꺼내 볼 수 있는 것도 좋지만. 나는 어쩐지 일상의 모든 것들을 엄마로 가득 채우고 싶다.

특별한 건 그것대로 소중하지만, 일상의 소소함을 끊임없이 이어가고 싶다. 나의 일상에 엄마가 빠지는 게 아주 이상하리

만큼. 어느 한 부분도 엄마를 빼고는 말이 안 되는 시간일 만큼. 무엇을 하건, 어느 곳을 보건, 엄마와의 향기가 빠짐없이 빽빽이 서려 있을 만큼.

그러므로 나의 버킷 리스트 1번.

나 결혼 전에,

엄마랑 꼭 같이 살아보기.

마음은 전할 수 있을 때 전해야 한다

엄마랑 하고 싶은 일들을 이어주는
무수한 나의 쉼표들.

외출했다가 돌아와 엄마의 밥을 먹는 일,
주말이면 방바닥에 배를 깔고 누워
뜨뜻미지근한 그저 그런 예능 프로그램을
같이 보는 일,
시답잖은 시시콜콜한 잡담을 끊임없이 늘어놓으며
목젖을 훤히 드러내놓고 웃는 일,
그렇게 끝없이 이어지는 '쉼표',
,
,
,

내가 사랑하는 것들

테이블 위 커피 두 잔.

1시간짜리 긴 통화.

36.5도의 따뜻한 온기.

나는 커피를 사이에 둔, 맞은편에 앉은 누군가의 웃는 얼굴을 사랑한다. 시시콜콜, 조잘조잘 그간의 근황을 전해오는 일상의 고백을 사랑한다. 시리도록 아프고 고단한 마음을 끊임없이 토로하는 마음에 따뜻한 온기를 나누는 것을 사랑한다.

내가 사랑하는 것들. 모든 게 엄마보다는 첫 번째인 것들. 늘 엄마보다 먼저였지, 엄마보다 나중인 적은 없었던 것들. 테이블 위에 둔 커피 두 잔 앞에도 엄마는 없었고, 1시간짜리 끈덕진 통화의 주인공도 엄마가 아니었으며. 누군가의 차가운 심장을 다정히 만져주던 내 안의 따뜻함 역시도, 엄마에게만은 해당되지 않았다.

그래서였을까. 엄마는 유독 외롭고 슬픈, 자신의 저미는 마음을 풀어놓으려고 했다. 그때마다 내가 엄마에게 돌려주었던 것들은 이랬다.

"딸, 엄마가 필요한 게 있는데……."

"알겠어, 엄마. 알아볼게."

알아본다는 대답이, 그렇게 한두 달을 훌쩍 넘기기 십상이었다. 그럼에도 엄마는 내색 한 번 없이 기다렸다.

"딸, 엄마랑 통화돼? 바빠?"
"엄마, 혹시 급한 거야? 그거 아니면 내가 이따가 연락할게."

'이따가'라는 시간은 일주일이 되어버리기도 했다. 무수히 존재했던 나의 시간은 내가 사랑하는 것들로 채우기에 바빴다. 엄마에게는 내어주지 못하는, 아니 '내어주지 않는' 시간으로.

그렇게 엄마가 밀려나고 있었다. 세상 가장 없어선 안 되고, 꼭 필요하고, 내 옆에 있어야만 하는 엄마라는 존재가 허옇게 빛바랜 필름처럼 옅어지고 희미해져만 갔다. 딸에게 잊히는 줄도 모르고. 엄마는 자신을 돌아봐 주길, 그렇게 기다리고 또 기다렸을 거다.

긴긴 시간 동안 내가 사랑했던 것들. 그것은 언제나 엄마를 외롭게 했고 아프게 했다. 내가 사랑하는 것들이, 내가 사랑하

마음은 전할 수 있을 때 전해야 한다

는 날들은, 엄마에게 있어 늘 쓰디쓴 독초와도 같았다. 혀끝에 닿기만 해도 이내 스러지고 마는.

언제부터였을까. 그 흔한 사랑 고백도 엄마에게 통하지 않게 돼버린 것은. 어떤 날은 정말 마음을 다해 엄마에게 사랑한다고 말을 해도 도통 믿어주질 않았으니까.

"엄마 사랑해~"

"말로만."

엄마의 마음이 말하고 있을지도 모른다. 상처받지 말자고. 기대하지 말자고. 바라지 말자고. 내 딸 안에 엄마인 자신은 없다고. 그렇게 무른 마음을 달래고 또 달랬을지도 모를 일이었다. 그러면서도, 그 끝에는 그저 내가 더 사랑하면 그뿐인 것이라고.

누군가 그랬다. 운동은 먹는 것까지가 운동이고, 사랑은 이별까지가 사랑이라고. 엄마에게는 기다림이 사랑이었고, 내어주는 것이 사랑이었고, 묵묵히 지켜보는 것이 그랬다.

사랑. 엄마가 사랑하는 것들.

두 팔 벌려 가득 품에 안은 온기.

다정한 말 한마디.

그리고……

내 딸.

마음은 전할 수 있을 때 전해야 한다

내 딸, 왜 아프게 하니

벌써 일주일. 외할머니와 연락이 안 된다. 무슨 일이 있는 건지, 혹시 어디가 편찮으셔서 나 모르게 입원이라도 하신 건지. 그러다 문득 할머니한테 별일이 난 거라면 내게 소식이 안 올 리가 없다는 생각이 스쳤다.

　'도대체 왜 연락이 안 되는 거지?'

　처음 있는 일이었다. 할머니와 이렇게까지 연락이 안 되었던 것은. 그리고 며칠 뒤 사건의 전말을 알게 되었다.

　얼마 전, 엄마의 기운 빠진 목소리에 눈치 999단 할머니가 왜 그러냐고 꼬치꼬치 캐묻기 시작했고, 그러다 결국 엄마가 나와의 트러블을 털어놓게 되었다는 걸.

　처음에는 도통 이해가 가지 않았다. 엄마와 딸이 좀 싸울 수도 있지, 그게 왜 내 전화까지 피할 이유가 되었을까. 그리고 다시금 알게 되었다. '피한' 게 아니라 '거부'였다는 걸.

　하루 이틀쯤 지나, 다시 할머니한테 전화를 걸었다. 낮게 가라앉은 목소리로 전화를 받는 할머니.

　"유 여사, 아직도 화났어……요?"

　잠시 입을 다물고 있던 할머니가 그랬다. 도대체 왜 내 딸을 아프게 하느냐고. 네 엄마이기 전에 내 딸이라고. 할머니가 화가 난 이유였다.

내 딸을 건드린 것에 대한 엄마의 마음.

"할머니 내가 잘못했어…… 다시는 안 그럴게……"

나의 고해성사에 할머니는 그간 쌓인 것까지 한 번에 일침을 가하기 시작했다. 대체 네가 잘나면 얼마나 잘났고, 또 그 잘난 네가 누구한테서 나왔느냐고. 그런 엄마에 대한 고마움도 없고 사랑도 없는 그런 불효막심한 손주라면 더 볼 것도 없다고.

할머니는 단단히 화가 난 상태였다. 10여 분간의 통화에서 내가 할 수 있는 건 "잘못했다"라는 말밖에 없었다. 하나부터 열까지, 처음부터 끝까지 할머니의 말은 구구절절 옳았고 틀린 말이 없었다.

할머니의 마지막 말 역시 그러했으므로.

"이것아, 세상에서 어떤 사람이 제일 서러운 줄 알아? 엄마 없는 사람이야."

그러더니 할머니는 자신의 지난 시절을 담담히 꺼내 들려주었다. 열한 살에 할머니의 엄마가 장티푸스에 걸려 돌아가셨다는 이야기, 그 후로 6·25전쟁을 겪었고 엄마 없는 온갖 설움과 굴욕을 받았다는 이야기, 그렇게 낙엽처럼 떠돌아다닌 자신의 인생 이야기를. 지난날의 자신이 보였던지, 할머니는 코가 맹맹해진 소리로 말했다. 할머니가 제일 부러운 사람이 누군지 아냐고.

해주, 너라고.

나랑 엄마랑 마냥 티 없이 떠들고 조잘거리는 모습을 보면 할머니의 마음은 세상 그 어떤 부자도 부럽지 않다고 했다.

엄마랑 딸이 참 사이가 좋아서 다행이라고. 저렇게 예쁜 것 둘이 내 딸이고 내 손녀이니, 나는 참 복이 많은 사람이라고. 나는 평생 엄마 없이 살았지만 내 딸한테는 엄마인 자신이 있고, 또 내 손녀에게는 내 딸이 있어서. 이 행복이 오래도록 지속되었으면 좋겠다고.

그러다가도 제 딸이 해달라는 건 하늘이 두 쪽이 나더라도 해주려고 아등바등하는 자신의 딸이 안쓰러울 때가 왜 없었겠냐고. 내 딸 좀 그만 괴롭히지 싶은, 은근한 부아가 치밀 때

　　　　　　마음은 전할 수 있을 때 전해야 한다

가 왜 없겠냐고. 그런데 이런 금쪽같은 내 새끼 마음을 아프게 한 게 다른 누구도 아닌 손녀라고 하니 속이 갑갑해서 터질 노릇이었다고 했다.

내 연락을 거부하던 내내 할머니 머릿속 궁리는 그랬다고 한다. 이것을 불러다가 호되게 야단을 쳐줄까? 하다가도. 내가 또 제 딸 불러다가 야단쳤다고 우리 딸 마음이 더 아프면 어쩌나 했다가도. 내내 그런 마음이었다고 했다. 내 딸 아픈 마음을 달래주고 어루만져주고 싶은 엄마의 마음.

엄마도 귀한 딸이었다. 내 할머니에게.

당장 내 딸 마음이 아프고 쓰린 것이 보이니까, 그토록 다 내어주어도 아깝지 않을 손녀가 미워 보였던 것이다. 긴긴 이야기 끝에 할머니는 말했다.

"해주, 너! 내 딸 울리거나 아프게 하면 아주 국물도 없을 줄 알아!"

나의 외할머니는 내 엄마에게, 그 딸을 지독히도 사랑하는 엄마가 있음을 절절하게 알려주었다. 엄마가 매번 장난 반, 진심 반으로 했던 "나도 우리 엄마 있다~. 그러니까 너 까불지 마" 했던 것이 실제임을, 나는 그제야 알게 된 거였다.

언젠가 들었던 한 문장.

'내리사랑은 있어도 치사랑은 없다.'

맞는 말이다.

치사랑까지는 아니더라도, 한 가지는 분명하게 알았다. 엄마 도 딸이라는 사실. 내 엄마를 아프게 하면, 엄마의 엄마에게 내리 찍힘으로 국물도 없어진다는 은근한 압박.

×

엄마. 나는 할머니가 엄마를 사랑하는 것처럼 엄마를 사랑할 수 없고. 엄마가 나를 사랑하는 것만큼 엄마를 사랑할 수는 없을 것 같아.

그렇지만. 그럼에도.

나는 엄마를 사랑해. 이 세상 그 누구보다도 더 많이.

이거 하나만은 꼭 알아줘. 앞으로는 엄마한테 함부로 안 할게.

엄마는 할머니한테도 소중한 딸이지만, 그것보다는 역시나 세

마음은 전할 수 있을 때 전해야 한다

상에 단 하나뿐인, 그 어떤 것과도 바꿀 수 없는 나의 소중한 엄
마인 걸.

할머니가 그랬다.
도대체 왜 내 딸을 아프게 하느냐고.
네 엄마이기 전에 내 딸이라고.

내 딸을 건드린 것에 대한 엄마의 마음.

나의 외할머니는 내 엄마에게,
그 딸을 지독히도 사랑하는 엄마가 있음을
절절하게 알려주었다.

마음아, 예뻐져라 예뻐져라

마음이 무너져서, 매일이 사는 게 그렇게도 어려워서, 어디에다 꺼내놓지도 못한 그런 마음을 부여잡고 혼자 끙끙. 그러다가 이제는 도저히 어찌해볼 도리가 없어서, 이러다가 정말 딱 죽을 것만 같아서, 엄마한테 전화를 걸었다.

"엄마. 나 마음이 막 아파. 힘들어. 죽을 거 같아."

"마음이 갑자기 왜 힘든데?"

"몰라. 그냥 힘들어. 내가 왜 힘든지도 모르겠어. 그래서 가슴이 막 답답해."

"……."

잠깐의 침묵 후에 엄마가 혼잣말처럼 읊조렸다.

"내 딸, 병났네……."

며칠 뒤. 택배 알림 문자를 받고 현관문을 열어보니 복숭아 한 박스가 얌전히 놓여 있었다. 엄마가 보냈구나 하고 박스를 여는데, 핸드폰 벨이 요란히 울리기 시작했다.

"딸! 복숭아 받았지?"

"어. 그런데 복숭아 잘못 보낸 거 아니야?"

과수원집 딸은 원래가 상품성 있는 과일은 못 먹는 아이러니가 있기에, 유난히도 알이 굵고 뽀송한 복숭아가 이상할 수밖에 없었다.

"우리 딸도 그런 거 한번 먹어봐야지. 엄마가 일부러 크고 예쁜 애들만 골랐어."

"아니, 이걸 팔지. 왜……."

"엄마가 만날 못난 애들만 먹여서 딸내미 마음에 병이 났나 싶잖아. 그거 먹고 얼른 나아. 아프지 마, 딸."

엄마의 목소리를 들으며 복숭아를 가만히 보고 있자니 눈물이 후두두 떨어졌다. 정말 생각지도 못한 엄마의 선물이었기에. 백 마디 위로의 말보다 더 애잔하고 깊은. 엄마가 지금 내 옆에 무릎을 말고 앉아 그 투박한 손으로 토닥토닥 등을 쓸어주는 것만 같았기에. 어떤 놈을 먹어야 내 딸 마음이 나아질까. 잘생기고 예쁜 놈들 먹고 내 딸 마음도 고놈들처럼만 예뻐져라, 예뻐져라 했을 엄마였기에.

복숭아나무마다 돌아다니며 과실을 골라내었을 엄마를 생각하니 마음 저편에서 지잉 지잉 짙은 울림이 퍼져 나왔다.

눈물을 손등으로 슥슥 비벼 닦고 복숭아 하나를 꺼내 깨끗하게 씻어 그대로 베어 물었다. 달콤하고 말랑한 과육의 달달한 향이 코끝에 살랑이더니, 깊게 패인 마음 웅덩이 안에 살짝 내려앉아 다독이는 기분.

한 입, 두 입, 세 입……. 복숭아 하나를 다 먹고 또 하나를 까서 다 먹었을 때쯤, 따뜻하고 넉넉한 마음 하나가 아픈 곳을 부드럽게 만져주었다.

지금 아픈 건, 아플 수도 있는 것이지 무엇이 잘못된 게 아니라고. 살다 보면 넘어지기도 하고 무릎이 깨지기도 하는 거라고. 산다는 건 그 자체로 박수를 받을 만한 일이라고. 그러니까 무엇을 잃지 않기 위해 전전긍긍 애쓰느라 지금을 잃지 말라고. 과거의 너도, 지금의 너도, 앞으로의 너도 꽤 괜찮으니까.

다 괜찮아질 거라는 그 어떤 소망이, 엄마가 있으니까 안심하고 마음 한쪽이 푹 꺼지도록 기대도 좋다는 어떤 믿음이, 퐁퐁 샘솟기 시작했다.

그렇게, 삐뚤고 모나고 못생겼던 마음이 어느새 동그랗고 말랑하고 살캉거리게 다듬어져 예쁜 모양새가 되었다.

복숭아같이 달달하게. 복숭아처럼 하트하게.

"엄마! 내 마음 보여? 나 다시 예뻐졌다~"

준비 없는, 말고 준비된 이별로

카네이션 사진 아래.

「오늘따라 엄마가 너무 그립고 보고 싶어 가슴이 아프다.」

지인들의 SNS를 주욱 훑어가던 중, 왼쪽 아래 심장께를 묵직하게 두드리는 사진 한 장과 글귀에 화면을 따라 흐르던 눈이 뚝- 멈췄다.

지인의 어머니는 10여 년 전 소천하셨다. 매해 어버이날이면, 지인은 하늘로 간 엄마 생각에 마음이 아프다고 했다.

엄마가 병상에 있을 때, 이미 엄마를 보내드릴 마음의 준비를 다했다고 생각했는데. 엄마의 임종 끝에 알았다고 했다. 자신이 했던 것은 준비가 아니라 그저 헛도는 마음을 부여잡고 있었을 뿐이란 걸. 엄마가 떠나고 난 뒤 지인은 엄마의 빈자리가 내내 시리고 차가워 이대로 자신도 돌처럼 굳어지는 건 아닐까 했다고.

오래전 단 한 번의 만남이었지만, 내 기억 속 지인의 어머니는 겉으로는 투박하지만 속정이 깊은 분이었다.

늦은 밤, 자신의 막내딸이 이끌고 온 손님에게 눈살 한번 찌푸리지 않고 뜨끈한 밥을 지어주었다. 어머니가 지어준 뜨듯

한 밥 한 그릇을 뚝딱 비우고 배를 두드리며 편안하게 잠이 들었던 기억. 당시 불면증으로 잠 못 드는 밤이 많았던 내가, 아주 오랜만에 깊은 단잠을 선물받은 날이었다.

어떤 날, 세상의 바다에 던져져 밀려오는 파도에 이리 치이고 저리 휩쓸려 온몸의 피가 딱딱하게 굳어 차갑게 식어갈 때가 있다. 그런 날이면, 어김없이 잠을 이루지 못하는 밤이 이어진다. 그리고 지난날 지인 어머니 집에서의 그 하루가 떠오른다. 그날의 온기는 차가운 혈관을 타고 천천히 퍼지면서 배 속 아래에까지 내려와 온몸을 돌아다니며 따뜻하게 데워준다.

단 하루뿐인 내게도 이토록 깊은 정이 되어 평생을 기억하게 하는데, 지인은 오죽할까. 어딜 돌아보아도 엄마의 온기만이 가득한 인생이 아니던가.

지인의 카네이션 사진을 보던 밤. 문득, 내 엄마의 죽음에 대한 생각을 해보았다. 엄마가 이 세상과 영영 이별하는 순간을. 그러자 눈물이 팍하고 터져 오르고 이루 말할 수 없는 아픔이 심장께를 짓누르기 시작했다. 생각만 해도 이토록 끔찍한 고통이라니. 너무나도 참담했다. 이 세상에서 엄마를 잃는다는

것이. 엄마를 엄마라 부를 수 없다는 것이. 어딜 가도 엄마라
는 존재를 찾을 수 없다는 사실이.

엄마가 내게 이토록 진하고 아프게 남는다는 짙은 슬픔에,
그날은 허연 달을 처연하게 올려다보며 그 달이 자취를 감출
때까지, 밤을 꼬박 마주해야만 했다.

그 밤. 허연 달이 내 가슴을 시리도록 베어버린 그 시간, 문
득 엄마가 자주 하는 말이 떠올랐다.

"엄마 있을 때 잘해 이것아. 나중에 나 죽고 울고불고해 봐
야 아무 소용없으니까."

그때의 엄마는 어쩐지 서글프기도 한 표정이었는데. 왜 이
제야 엄마의 그 얼굴이 보이는 걸까.

언제나 엄마가 내 옆에 있을 거란 착각. 먼 미래의 일이라고
생각했다. 엄마가 내 곁에서 영영 자리를 비우는 일은.

그러나 해가 갈수록 엄마의 줄어든 키에서, 눈가며 입가에
늘어가는 주름살에서, 안으면 풍성했던 몸집이 어느새 품에
쏘옥 들어올 정도로 작아짐에서, 내 옆에서 점점 엄마가 닳아

지는 것만 같다. 꼭 손가락 사이로 빠져나가는 모래알처럼. 그래서 애가 바짝바짝 탄다. 이러다 정말 엄마가 보이지도 않을 정도로 희미해져 버리면 어쩌나. 그대로 엄마를 놓쳐버리고 나면 어째야 하나. 정말, 그런 일이 부지불식간에 일어난다면. 어쩌면 좋을까, 나는.

　우주 어디 한가운데쯤에 내동댕이쳐진 것만 같은 무망감.

　그래서 지금부터 차근차근히 준비를 해보려고 한다.

　엄마와의 이별을.

　후회 없도록, 잘.

　곱고 예쁜 것들만 남도록.

　회한으로 얼룩지지 않도록.

　내가 죽을 때까지 두고두고 엄마를 꺼내 쓸 수 있도록.

　외롭고 슬프지 않도록.

　평생, 오래도록 고맙도록.

　그렇게 따뜻하도록.

해가 갈수록 엄마의 줄어든 키에서,
눈가며 입가에 늘어가는 주름살에서,
안으면 풍성했던 몸집이 어느새 품에
쏘옥 들어올 정도로 작아짐에서,
내 옆에서 점점 엄마가 닳아지는 것만 같다.
꼭 손가락 사이로 빠져나가는 모래알처럼.

그래서 애가 바짝바짝 탄다.
이러다 정말 엄마가 보이지도 않을 정도로
희미해져 버리면 어쩌나.
그대로 엄마를 놓쳐버리고 나면 어째야 하나.

러브레터

초등학교 5학년 때쯤이겠다. 어버이날 예쁘게 만든 카네이션과 삐뚤빼뚤 정성스레 꾹꾹 눌러 쓴 손 편지. 그리고 사춘기에 접어들면서부터 엄마한테 향하던 손 편지는 멈추게 됐다. 그 시절부터 핸드폰이 나오기 시작하고, 편지 대신에 문자메시지라는 편리한 방법이 생겼기 때문인지도.

나의 마음이나 감정을 고스란히 옮겨놓아 전하는 손 편지나 음성 녹음은 그때부터 서서히 사장되었던 것 같다. 우표가 붙은 편지 봉투를 받아들 때의 설렘이나, 음성 녹음 속 떨리는 목소리로 알 수 있는 상대의 진정성을 느낄 수 없게 됐다. 그러다 보니 서서히 감정 표현에도 더 서툴러지는 걸지도 모른다는 생각. 나 역시 그렇다. 문명의 발달로 인해 편리한 생활을 하다 보니 감정 전달법을 자꾸 까먹는 것만 같다. 꼭 감정 먹통이 돼버린 것만 같은.

어떤 때에는 백 마디의 말보다, 썼다 지웠다 수십 번 반복했을 법한 편지지 한 장에서, 너무나 두렵고 떨리지만 그래도 지금의 마음을 직접 자신의 목소리로 전달하려는 용기에서 진심을 느낄 수 있는데.

마음은 전할 수 있을 때 전해야 한다

엄마와 소통 단절 72일째.

처음에는 엄마와 나의 이 상황이 받아들이기 힘들고, 이해하기도 어렵고, 어이가 없기도 했다. 이게 이렇게까지 오래갈 사안인가 싶어 내심 서운하고 섭섭하고. 왠지 버림받은 길고양이가 돼버린 것 같은 느낌.

사실 그냥 무작정 엄마를 보러 갈 수도 있었지만 두려움이 앞섰다.

'엄마가 문전박대를 하면 어쩌지?'

물론 엄마가 그러지 않을 거란 거, 잘 안다. 이게 차단이 주는 어떤 못된 힘인 듯, 괜스레 엄마와 벽이 한층 쌓인 것만 같고. 게다가 지금의 내 마음으로 엄마를 찾아가 봤자 상황만 악화될 가능성이 아주 농후했다. 어차피 나는 진심으로, 제대로 엄마에게 사과하고 싶은 마음이 아니니까. 엄마한테 미안하기보다는 내 속이 상한 게 먼저였기에.

지금 이 상황을 하루빨리 마무리 짓고 덜 신경 쓰고 싶은 마음. 그저 눈 가리고 아웅 하는 격이다. 그리고 진심이 1도 담기지 않은, 이런 마음 없는 사과를 엄마가 모를 리 없다. '도대체 어쩌면 좋은 거지?' 몇 날 며칠을 골똘히 생각을 하고 또 하고. 그러다 떠올랐다. 편지가.

책장을 뒤적여보니 언젠가 마련해두었던 편지지와 편지 봉투가 있었다. 편지지를 책상 위에 펼치고 펜을 들었다. 그런데 막상 백지를 마주하니 무슨 말부터 써야 할지 막막했다. 이러저러해서 미안하다고 첫마디를 시작해야 할까? 아니면 철없는 딸처럼 응석을 부려야 할까? 생전 하지도 않던 애교를? 이쯤되고 보니 관자놀이가 지끈지끈 묵직해져 왔다. 편지 쓰는 게 이렇게 어려울 줄이야.

30여 분쯤 뚫어져라 편지지만 보고 있다가 이내 접어버렸다. 마음이 착잡해져 왔다. 엄마한테 뭐 그리 숨기고 포장하고 과장할 게 있다고. 그냥 내 마음을 진솔하게 적은 글자들이면 될 것을. 그런데 그게 또 생각처럼 쉽지가 않다.

이게 무슨 연인한테 쓰는 러브레터도 아니고. 아니다. 차라리 러브레터라면 조금은 수월한 문제일 수도 있겠다. 온통 사랑한다는 마음을 꽉꽉 채워 전하면 되니까. 그러나 이건 연인을 향한 그것과는 본질적으로 다른 문제이기에.

그렇게 또 며칠이 지났다. 여전히 내 편지는 백지 상태 그대로다. 얼마 전 상황에서 반보도 진척이 되지 않은 상태. 내

마음은 전할 수 있을 때 전해야 한다

내 씁쓸하고 쓰린 시간만 흐르고. 도대체 무엇이 문제일까. 편지를 쓸 수 없는 내 마음. 답답한 상황이란 게.

답은 간단했다. 여전히 '엄마의 지금'이 이해되지 않고 납득이 가지 않는다는 것.

차분히 감정을 가라앉히고. 엄마와 단절되기 전, 그로부터 훨씬 전의 시간으로 시계를 되돌렸다.

아주 오래전부터 엄마의 마음은 그랬다.

"나 아프거든? 좀 알아주라! 나도 자식들한테 쌓인 거 무지 많아!"

상처가 누적된 마음들이 보였다. 들렸다. 느껴졌다. 나만 억울하다 생각했고, 나만 속상하다 여겼고, 나만 외롭고 힘들다 느꼈다. 그런데 그건 나의 착각이었다. 엄마도 아팠다. 내 엄마도 나같이 외롭고 슬펐다.

내 마음이 엄마의 마음이었구나.

그날 밤. 나는 접었던 편지지를 다시 펼쳤다. 오늘은 쓸 수 있을 것만 같다. 엄마를 향한 러브레터.

엄마, 우린 지금부터 시작이야.

그러니까 괜찮아, 데쓰 오케이!

마음은 전할 수 있을 때 전해야 한다

상처가 누적된 마음들이 보였다.
들렸다. 느껴졌다.
나만 억울하다 생각했고,
나만 속상하다 여겼고, 나만 외롭고 힘들다 느꼈다.
그런데 그건 나의 착각이었다.
엄마도 아팠다.
내 엄마도 나같이 외롭고 슬펐다.
내 마음이 엄마의 마음이었구나.

엄마는 영웅이었어, 언제나

스파이더맨, 아이언맨, 배트맨, 슈퍼맨……. 우리의 히어로들은 주어진 테이크와 러닝타임 안에서 오늘도 지구를 지키기에 바쁘다.

슈퍼히어로. 수많은 히어로 중에서 내가 으뜸으로 치는 슈퍼히어로가 있다. 변하지 않는 나의 히어로 1번, 그건 언제나 엄마다.

그날. 엄마가 나와 남동생을 생물학적 아버지에게서 찾아오던 날. 정확히 말해 뺏긴 내 자식들을 되돌려받으러 왔던 날이었다. 엄마가 데리러 오기 전까지 남동생과 나는 밤마다 '엄마'를 이불 밑에서 나직이 주문처럼 되뇌었다.

엄마, 우리가 기다리고 있어.

엄마, 우리 잊은 거 아니지?

엄마, 언제 와?

엄마, 여기서 좀 제발 데리고 나가줘.

엄마, 엄마, 엄마. 그렇게…….

엄마를 찾는 자식들의 절실함이 닿았던 걸까. 어느 날 엄마가 거짓말같이 달려와 내 앞에 서 있었다. 그러고는 자식들을 절대 내주지 않겠다는, 전남편 앞에 죽는 한이 있더라도 내 새끼들 곁에 머물겠다는, 목숨을 건 마지막 포효와도 같은 것을 뱉어냈다.

더 이상 자식들을 강제로 못 보고 살 수 없다는 마음에. 매일이 지옥 같은 그런 삶의 연속이었으므로. 생때같은 내 새끼들을 잃었다는 그런 무망감을 더는 견딜 수 없었기에.

그때의 엄마는 나에게 생명의 빛, 그 자체로 지금까지 남아 있다.

그랬던 엄마였는데. 세월이 흐른 지금, 많이도 변했다. 자신의 목숨을 걸고 되찾은 자식들의 눈치 보기에 바빴고, 자식들의 말 한마디에 남몰래 눈물 훔치는 날이 많아졌다. 무엇이 엄마를 이토록 변하게 만든 것일까.

그랬을 것이다. 엄마와 함께하게 된 자식들은 시간이 가면서 엄마의 '그 시간'을 잊었을 터였다. 감사에서 원망으로, 원망이 쌓여 그렇게 또다시 칼날 같은 화살을 엄마의 심장에 푹푹 찔러 넣었으니까.

　　　　　　　　　　마음은 전할 수 있을 때 전해야 한다

엄마의 시간이, 엄마의 단 하나뿐인 심장이, 그렇게 식어갔다. 차갑게, 차갑게.

자식들이 엄마의 심장을 칼로 베고, 가슴을 물어뜯는 날이면, 어쩌면 엄마는 엄마만의 방법으로 그 아픔들을 승화해갔던 게 아니었을까. 부족한 부모 만났어도 내 아이들이 나쁜 길로 빠지지 않고 이만큼 잘 자라준 것에 그저 감사하자고. 해준 것도 없는 내 아이들에게 더는 무언가를 바라지 말자고. 자신의 바람대로 곁에 머물게 된 것만으로, 그걸로 된 거라고. 나는 행복한 사람이라고.

그날도 그랬다.

"딸, 미안해. 엄마가 진짜 우리 딸한테 너무너무 미안해."

두서없이 쏟아내는 엄마의 말끝에 달린 것은 미안하다고 되풀이하는 처절한 고백이었다.

언젠가 엄마한테 반쯤 미친 사람처럼 퍼부었던 적이 있었기에. 엄마는 왜 나를 내버려두는 거냐고. 도대체 나를 왜 돌보지 않냐고. 이럴 거면 그날, 데리고 오지 말았어야 했다고.

엄마의 미안하다는 고백 앞에, 절로 숙연해지고 왼쪽 가슴께가 찌르르 해왔다. 마음이 아팠다. 그리고 아무 말도 할 수가 없었다.

"엄마가 진짜 미안해, 딸……. 엄마는 내 딸이 그냥 씩씩하기만 해서, 마냥 그렇게 잘 자라줘서…… 네 속이 그렇게 썩어 문드러지는 줄도 모르고……."

별빛만이 조용히 엄마를 내려다보던 그 밤. 엄마는 마당 한가운데에 주저앉아 그렇게 미어지는 심장께를 부여잡고 통곡했다.

시간이 얼마나 흘렀는지도 모른 채, 밤이 깊도록 엄마의 울음에 가만히 귀 기울여주었다. 지금 내가 할 수 있는 건 그것이 전부였기에.

"엄마, 그거 알아?"

"(울음) 뭘……."

"엄마가 내 영웅인 거."

"영, 웅?"

"응. 영웅. 내 마음속에 엄마는 영웅이었어. 언제나."

엄마의 인생을 던져 나의 삶을 지켜주었고, 엄마의 두려움과 맞바꿔 어두운 나의 시간을 빛으로 채워주었다. 그 빛 가운데 살아갈 수 있도록, 내 엄마가 지금까지 나를 지키고 있었다. 포효하던 그날의 엄마처럼. 그렇게.

내 자식을 아프게 하는 사람이라면 그게 누구라도 상관없이 물어뜯을 엄마였고, 불면증으로 밤잠을 설치는 내 딸이 오늘은 제발 깊은 숙면을 취하길 바라는 마음으로 잠에 좋다는 건 죄다 챙기는 엄마였고, 마음 달랠 길이 없어 하릴없이 떠도는 딸의 뒷모습을 차마 붙잡지 못하고 두 손만 허공에서 동동 맞잡고 있었을 엄마였다.

슈퍼히어로의 역할은 주어진 시간 안에 악으로부터 인류를 구하는 일. 그렇게 오늘도 지구를 지킨다. 그리고 오늘도 내 엄마가 자신의 주어진 시간만큼 절대적으로 물러서지 않는 일. 나를 지키는 일.

'엄마'라는 이름이 다하는 그날까지, 엄마는 멈추지 않을 것이다. 절대.

30대의 희정 씨에게

《엄마도 엄마를 사랑했으면 좋겠어》의 출간 1주년.

'러브맘 에디션'이라는 이름으로 책 표지도 새롭게 디자인하고 이벤트 부록도 만들어졌다는 반가운 소식이 왔다.

엄마와 딸이 주고받는 Q&A 형식의 부록을 넘겨보는데, 마음을 툭, 건드린 질문 하나가 눈에 들어왔다.

Q. 나와 같은 나이의 엄마를 만날 수 있다면 어떤 말을 해주고 싶나요?

나와 같은 나이의 엄마를 만날 수 있다면.

순간 심장께가 먹먹해져 왔다. 그때의 엄마를 만난다는 것. 나는 그때의 엄마에게 어떤 말을 해줄 수가 있을까. 30대의 엄마의 모습. 나랑 같은 나이의 엄마의 모습. 눈을 감고 그때의 엄마를 가만히 떠올려보았다.

엄마의 그 시절은 지금의 나와는 사뭇 다른 시간이었다. 삶을 참 옹골지게, 단단하게 꾸려가는 나와는 전혀 다른. 꿈을 좇고 그것을 하나하나 이뤄가며 빛나는 길을 닦는 30대가 아니었다. 그 속에는 퇴로도 없이 현실이라는 폭격을 맨몸으로 맞서야 하는 이희정만이 남겨져 있었다.

엄마의 30대는 가슴앓이의 시간이었다. 그 시절의 엄마는 매일이, 다가오는 하루가 두렵고 무서웠을지도 모를 일이었다. 누구 하나 자신을 지켜주지 않는 세상이었고, 현실은 처절했으며, 마주 오는 내일이란 시간이 억겁처럼 느껴졌을지도 모를 일이었다. 여자로서도, 한 사람으로서도, 엄마로서도. 모든 것을 부정하고 싶은 마음에, 내내 무너지는 그 시간을 황망한 눈으로 마주했을지도 모를 일이었다.

그런 30대를 살아가면서, 지나오면서. 엄마는 매 순간, 매 시간, 매일을, 무슨 생각으로 살아내었을까. 무슨 마음으로 자신의 삶을 바라보고 있었을까. 어느 날에는 후회와 회한이 한꺼번에 밀물처럼 밀려들어 괴롭지는 않았을까. 깊은 밤 홀로 웅크리고 눈물만 방울방울 떨구지는 않았을까.

거기까지 떠올렸을 때, 그런 엄마를 문득 안아주고 싶어졌다. 그저 아무 말 없이, 가만히 등을 도닥도닥. 여리디여린 어깨 위에 올려진 수많은 짐을 내려주고 그러안고 싶었다. 그리고 그 귓전에 대고 소곤소곤, 가만가만, 말해주고 싶다.

30대의 희정 씨.

혹시 그거 알아요?

당신, 참 잘 살아내었다는 거. 그걸 내가 어떻게 아냐고요?

이건 비밀인데요~ 나는 미래에서 왔거든요.

내가 사는 미래에서 당신은 60대의 중년이에요.

나는 60대 희정 씨의 하나뿐인 딸입니다. 내가 이렇게 먼 시간을 넘어 당신을 찾아온 이유는, 그래요. 꼭 해주고픈 말이 있어서예요.

지금이 아니면 결단코 하지 못할 그런 말이라서요.

30대의 희정 씨.

살아가는 지금이 퍽 고단하지요? 무릎이 곧 꺾일 것만 같고 연약한 팔꿈치도 굽어질 것만 같고요.

그런데요. 그 숱한 고난의 시간 속에서도 당신, 단 한 번의 포기없이. 고통으로 침잠할 것 같은 삶 속에서도, 단 한 번의 굽힘 없이. 그렇게 부서지지 않고 한 걸음, 한 걸음 참 부지런히도 가고 있답니다.

당신은, 드라마나 영화 속 주인공처럼 어떤 어려움 앞에서도 굴복하지 않거나 그런 환경을 단번에 뛰어넘는 힘 같은 건 없어요. 힘들어 주저앉을 때도 있고. 아플 땐 눈물을 흘리기도 하며, 외로울 땐 그 마음을 어쩌지 못해 한잔 소주로 달래기도 하지요. 그저, 어디에서건 흔히 스칠 수 있는 보통의 사람이에요.

그럼에도요. 구불구불 참 곡선도 많고 굽이굽이 능선이 휘감아도는 그런 인생길을 오로지 당신의 두 다리만으로 참 단단하게 걸어갑니다.

청승맞지는 않냐고요? 아니요, 전혀요. 구질구질하지는 않냐고요? 정말정말 아니요. 희한하게도 그렇지가 않아요. 어쩌면 저 여린 몸에서 이토록 강인한 위력이 나오는지……

오래. 자세히. 정성스레. 자꾸만 들여다보고 싶은, 그런 사람이에요.

그러니까요, 지금을 잘 버티고 견뎌주세요.

오늘을 지나 내일은 조금 더 나아질 거거든요.

내가 알아요. 당신 삶이 그렇게 되어간다는 걸. 더디지만, 느리더라도. 한 걸음씩 부단히 조금 더 좋은 시간들이 만들어지고

마음은 전할 수 있을 때 전해야 한다

있다는 걸.

나, 당신 딸이 약속합니다.

그러니까요, 부디 살아주세요.

그래서 우리 꼭 다시 만나요.

저기, 미래에서요.

우리 그날에는 마주 보며 활짝 웃고 있거든요.

바람이 좋은 어느 날.

당신이 좋아하는 그 봄볕이 한껏 늘어진 마당 아래서.

우리, 만나요.

기다릴게요. 희정 씨를.

언제나처럼.

\\

감추어둔,
서랍 속 이야기

이 글을 써 내려가며 처음에는 그랬다. 엄마한테 그동안 하고 싶었지만 할 수 없었던, 그 무수한 내 이야기를 들려주고 싶다고. 엄마가 알 수 없었던, 혹은 내가 말할 수 없었던 그 시간에 대하여. 내 속에 가둬두었던 그런 이야기들. 그것을 해방하는 시간.

그런데 마음이 복잡했다. 너무나 많은 이야기가 있었던 탓에. 그리고 한 번도 제대로 꺼내놓지 못했던 시간이기에. 무엇을 어떻게 풀어내야 할지, 고민이 많은 날이었다. 노트북을 펼치면 하이얀 한글 파일 속의 검은 커서가 깜빡깜빡했지만, 어째서인지 한 글자도 쓸 수가 없어 망설이기만 했다.

노트북 화면을 닫은 채 눈을 감고 차분히 내 지난 시간의 태엽을 감아보기로 했다. 그러자 길게 펼쳐진 길 위, 곳곳에 서 있는 내가 보였다.

좋았던 나의 모습보다는 어쩐지 아프고 쓰린 날들이 많아서, 그것들을 작은 가슴으로 감내하느라 온통 물들이던, 그런 삶들 가운데 결승점이 보이지 않는 마라톤을 계속해서 하고 있는 나의 모습들. 나의 시절들은 찬란하기만 하거나, 예쁘기만 하거나, 반짝반짝 빛나기만 하지는 않았다고.

그리고 궁금해졌다. 엄마의 눈에 엄마 딸의 인생은 어떻게 비춰지고 있을까? 나의 엄마는, 당신 딸의 인생을 어떤 눈으로 바라보고 있을까?

어쩌면 엄마와 내가 닿지 못하는 지점들은, 서로의 인생을 바라보는 시선이 다르기 때문일 거라는 생각이 들었다. 엄마가 생각지도 못한 딸의 인생이 그곳에 있고, 그렇기에 이해를 할 수 없거나 받아들이기가 어렵다는 것.

그래서 이런 이야기를 담담하게 써 내려가기 시작했다. 엄마가 모르는 나의 이야기를 들려주자고.

내 엄마이기에 딸인 나를 다 알 거라는 잘못된 믿음. 내가 낳았기에 누구보다 내 딸을 잘 안다는 착각. 안개 속에 갇힌 채 뿌연 시선으로 서로를 바라보지 않기를 바라며. 엄마가 나를 제대로 바라봐주길 기대하는 마음으로.

그리고 나 역시 오해로 점철된 시선이 아닌, 올곧은 눈으로 엄마와 마주하기를.

✕

엄마, 내 인생을 담담하게 적어 내려간 시간들이 엄마에게 닿기를 원해. 이 글은 엄마 딸은 이런 사람이라고 말해주고 싶은 바람이 담긴 나의 날들이거든.

엄마 눈에 비친 나의 인생이 어떨지, 궁금하기도 하고 낯설기도 한 시간이었어. 그러면서 엄마가 나를 어떻게 바라봐 주었으면 좋겠는지, 나의 내면도 깊게 들여다보는 그런 만남들이었어. 제대로 엄마에게 나를 소개하는, 그런 것이랄까?

이 글을 읽어 내려갈 엄마의 표정이 어떨지, 그간 몰랐던 딸의 인생을 들여다볼 엄마의 마음이 내심 기대가 되면서도 한편으로는 긴장되고 떨리기도 하고 그래.

에필로그

사랑하는 엄마.

내가 인생을 바로 볼 수 있는 시선을 배울 수 있게 해줘서 고마워.

내가 지난한 나의 삶을 사랑하고 끌어안을 수 있게 해줘서 감사해.

내가 나의 모든 시간을 따뜻하고 다정하게 대할 수 있게 해줘서.

그러므로.

엄마를 만날 수 있어서, 참 다행이야.

엄마, 나는 말이야. 앞으로도 대단히 변화되거나 엄마한테 뭘 더

잘한다거나, 그런 딸은 아닐 것 같아. 그렇지만 매일매일 엄마를

더 사랑하게 될 것만 같아. 그것만은 아주아주 확실해. 분명해.

그러니까,

우리 백년해로하자!

잘 먹고 잘 살자!

행복하자!

오늘도 엄마에게
화를 내고 말았다

2021년 11월 16일 초판 01쇄 인쇄
2021년 11월 23일 초판 01쇄 발행

글 장해주

발행인 이규상 **편집인** 임현숙
편집팀장 김은영 **책임편집** 이은영 **교정교열** 박서운
디자인팀 최희민 **마케팅팀** 이성수 이지수 김별 김능연
경영관리팀 강현덕 김하나 이순복

펴낸곳 (주)백도씨
출판등록 제2012-000170호(2007년 6월 22일)
주소 03044 서울시 종로구 효자로7길 23, 3층(통의동 7-33)
전화 02 3443 0311(편집) 02 3012 0117(마케팅) **팩스** 02 3012 3010
이메일 book@100doci.com(편집·원고 투고) valva@100doci.com(유통·사업 제휴)
블로그 blog.naver.com/h_bird **인스타그램** @100doci

ISBN 978-89-6833-344-6 03810
ⓒ장해주, 2021, Printed in Korea